화요일에 만나요

인천청라중학교 쓰담 지음

 작가의 탄생

차 례

그래도, 해피엔딩

··· 이서연 ···

4

당돌했지만 아름다운 날

··· 김별하 ···

24

동백꽃 전설

··· 장지원 ···

44

조엔유리

··· 김수인 ···

62

감정의 색

··· 황민서 ···

84

우주 제빵사

··· 김명현 ···

100

로빈슨 말리

··· 강세온 ···

117

사랑 쟁탈전

··· 구도연 ···

134

소감문

···

153

그래도, 해피엔딩

이서연

"자, 4번 문제는 누가 풀어볼까? 오늘 몇 년도 몇 월 며칠이지?"

친구들이 모두 입을 모아 말했다.

"2023년 7월 8일이요!"

"자, 그러면 2+0+2+3+7+8=22니까, 22번이 풀어볼까? 22번 누구니?"

22번은 나다. 서예빈. 4번 문제가 유일하게 헷갈리는 문제인데, 하필이면 내가 걸리냐.

'띠리리리리.'

기가 막힌 타이밍에 종이 울렸다.

"그럼, 오늘 수업은 여기서 마치겠어요. 아, 맞다. 우리 내일모레 4단원 수행평가가 있습니다! 까먹지 말고 공부 열심히 하세요. 다들 수고했어요!"

나는 안도의 한숨을 내쉬었고, 선생님이 교실에서 나가자마자 우리 반 친구들은 시끄러워졌다. 그때, 내 단짝 채영이가 나에게 말을 걸어왔다.

"예빈, 내일모레 바로 수행평가 본다는 게 말이 되냐?"

나도 같은 생각을 하고 있었는데. 채영이는 역시 나와 잘 맞는다.

"그러니까. 기간 조금만 더 주시지. 솔직히 너무 짧잖아."

"다른 과목도 수행평가 기간인데, 조금만 늦게 보면 안 되나."

"맞아, 내 말이."

'드르륵.'

"자, 종례할 거야. 조용."

담임 선생님의 한마디에 우리 반은 순식간에 조용해졌다. 선생님은 교탁을 탁탁 치며 말씀하셨다.

"딱히 전달 사항은 없고, 밖에 어둡고 비도 많이 와서 미끄러우니까 집에 조심히 가라. 종례 끝."

내가 채영이에게 조용히 말을 걸었다.

"뭐야, 오늘 비 온다고 했었나? 나 우산 없는데."

"나 오늘 큰 우산 가지고 왔어. 같이 쓰자."

"오, 채영 나이스."

오늘의 하굣길은 평소보다 즐거웠다. 그동안 우리 집의 반대 방향에 살아서 함께 하교할 수 없었던 채영이가 이사를 와 같은 아파트에 살게 되었기 때문이다. 항상 나 혼자 하교하다가 잘 맞는 친구와 함께 걸으니, 기분이 좋았다. 오늘은 하늘도 우중충하고 비도 주룩주룩 내렸지만, 채영이와 함께하는 나의 마음속에는 무지개가 떴다.

도란도란 이야기하며 걷다 보니 어느새 집에 거의 다 도착해 있었다. 내가 잘난척하며 말했다.

"이제 저 앞에 있는 횡단보도 건너서 쭉 걸어가면 돼."

"나도 알거든요. 신호 바뀌었다, 얼른 가자."

나와 채영이는 함께 횡단보도를 건너고 있었다. 그때, 내 오른쪽에서 아주 밝은 빛이 났다. 처음에는 나와 멀리 떨어져 있어 신경 쓰지 않았지만, 점점 빠른 속도로 내게 달려오고 있었다. 깜짝 놀라 옆을 보니, 그것은 단순 빛이 아닌 소형 트럭이었다. 나는 본능적으로 채영이가 트럭을 피할 수 있게 앞으로 밀어냈다. 하지만, 나는 피하지 못했다.

'쾅!'

주변에서 길을 가던 사람들은 도로 한복판에 쓰러져 있는 나를 보며 웅성웅성 댔다. 일어나고 싶었지만, 움직일 힘이 없어 겨우 실눈을 뜬 상태로 그 자리에 누워 있었다.

"예빈아! 정신 좀 차려 봐!"

채영이가 놀라서 울먹이는 목소리로 애타게 나를 불렀다. 대답하고 싶었지만 목소리가 나오지 않았다. 내가 아무 반응도 없자 채영이는 급히 119에 신고했고, 곧 구급차가 도착해 나를 태웠다. 구급차는 사이렌을 울리며 빠른 속도로 달려갔다. 병원으로 이송되던 중, 나는 의식을 잃은 건지 잠에 들은 건지 모르게 눈을 감았다.

정신을 차리고 눈을 뜨자 눈앞이 흐릿했다. 처음 보는 곳이었다. 어딘지는 모르겠는데 왠지 모르게 익숙했다. 나는 침착히 상황을 파악했다.

'그러니까, 난 아까 집에 오다가 트럭에 치였고. 그 상태로 구급차에 실려 왔으니 여기는 병원인 건가?'

병실에는 내가 누워 있는 침대 한 대뿐만 있었다. 1인실인 것 같았다. 침대 옆 탁자에 놓여있는 작은 탁상시계를 보니 작은 글씨로 오늘 날짜와 시간이 있었다. 옆에는 엄마가 엎드려 쪽잠을 자고 있는듯했다. 내가 조금씩 뒤척이자, 엄마가 잠에서 깨어났다. 눈을 바라보니 이미 많이 울었는지 퉁퉁 부어 있었다. 엄마는 한참 동안 아무 말 없이 나를 바라보다가 말했다.

"예빈이 일어났네, 괜찮아?"

나는 힘겹게 입을 떼며 말했다.

"여기 병원이야?"

엄마가 한숨을 내쉬며 말했다.

"응, 여기는 병원이야. 의사 선생님이 트럭이랑 심하게 부딪힌 게 아니라서 몸에 큰 문제는 없을 것 같다고 하시네. 그래도 검사도 해봐야 하고, 후유증이 올 수도 있으니까, 일주일만 입원하기로 했어."

입원? 이제 얼마나 중요한 기간이 다가오는데. 내가 이번 수행평가 잘 보려고 얼마나 열심히 공부하고, 준비했는데. 내가 한숨을 쉬자 엄마가 내 마음을 눈치챘다는 듯이 말했다.

"그래도 잘했어. 친구 대신 네가 다친 거라며."

엄마는 뿌듯하다는 듯이 말했지만, 난 전혀 그렇지 않았다. 엄마는 늘 이런 식이었다. 항상 남에게 베푸느라 본인은 안중에도 없었고, 나에게도 그게 옳은 것이라고 말했다. 친구를 위해 희생한 건 좋은 일이라는 건 나도 안다. 하지만 이번에는 그로 인해 내가 잃은 것이 더 많았다. 아무리 남을 도와주고, 배려 한다고 해도 이건 좀 아닌 것 같은데. 혼자 생각에 잠겨 있는 사이, 엄마가 입을 열었다.

"혼자 있어도 괜찮아? 엄마 내일 출장 때문에 먼저 가봐야 할 것 같은데."

나는 씁쓸했지만 들키지 않으려고 애써 웃으며 대답했다.

"당연히 괜찮지. 엄마 출장 잘 다녀와."

엄마는 미소 지으며 내게 손을 흔들고 병실을 나갔다. 내가 이렇게 아픈데 함께해 줄 수 없는 엄마가 밉지만, 이해는 된다. 아빠는 4년 전 갑작스러운 뇌졸중으로 쓰러져 열심히 재활 치료를 받고 있고, 오빠는 캐나다에 사는 또래 사촌들과 함께 고등학교에 다니고 있다. 고액의 치료비와 학비 탓에 우리 집 형편은 점점 나빠졌다. 이런 경제적 문제 때문에 엄마의 야근과 출장의 빈도는 점점 잦아졌다. 지금 상황이 이러니까 당연히 출장이 중요할 수밖에 없지. 그러니 내가 참아야 한다. 이해하고 배려하는 건 내가 해야 하는 일이니까.

　내가 이렇게 배려에 집착하는 데에는 오래된 사연이 있다. 초등학교 1학년 때 내가 친구를 도와주는 모습을 보신 담임 선생님께 배려를 잘한다는 칭찬을 받았다. 당시에는 그게 무슨 뜻인지 몰랐지만, 그 칭찬이 마음에 들었고 앞으로도 배려하며 살기로 마음먹었다. 그때부터 배려에 대한 책임감과 사명감이 생긴 것 같다. 남들에게 배려를 잘한다는 칭찬 받을 수 있을 만 한 일은 다 도맡아서 했고, '내가 좀 더 참고 말지, 내가 좀 더 이해하고 말지.'하며 속상한 일들, 화나는 일들을 다 마음속에 꾹꾹 눌러 담았다. 나는 남들 배려하려고 어릴 때부터 엄청나게 노력했는데, 남들은 나를 전혀 배려하려고 하지 않는 것 같다. 오히려 자신의 감정에 휘둘려 내 마음까지 상하게 하는 경우만 허다했다. 나는 베개로 내 얼굴을 감싸며 생각했다.

　'이제는 배려하기 싫고, 이 세상도 싫어. 배려가 존재하지 않았으면 좋겠어. 그럼 나도 이렇게 불행한 감정을 느낄 필요는 없었을 텐데.'

　우울한 생각 속에 잠겨 있던 것도 잠시, 핸드폰으로 전화가 걸려 왔다. 채영이였다. 마침 엄마도 가서 심심했는데 채영이가 좋은 타이밍에 전화를 걸어줬다.

　"예빈아, 괜찮아? 지금 전화할 수 있어?"

　"응, 괜찮아."

　"다행이다. 몸은 좀 어때?"

　"생각보다 괜찮아. 큰 문제는 없는 것 같아."

　"미안해, 괜히 나 때문에."

　솔직히, 너 때문인 게 맞다고 대답하고 싶었다. 친구 덜 다치게 하겠다고 내가 이렇게 되어 버렸으니. 그래도 너 때문 아니라고, 괜찮다고 말해야지, 뭐.

"아니야, 너 때문 아니야. 너무 죄책감 느끼지 마."

잠시 어색한 적막이 흘렀고, 내가 다시 입을 열었다.

"너는 괜찮아? 다친 곳은 없고?"

"난 괜찮긴 한데 좀 힘들어서 내일 하루만 학교 쉬려고. 내 걱정은 하지 말고 너나 챙겨!"

그래도 채영이가 괜찮아 보여서 다행이었다. 우리는 한참 동안 통화를 이어 나갔고, 배려가 이젠 없어졌으면 좋겠다는 내 속마음을 털어놓기도 했다. 그 외에도 여러 가지 이야기를 나눴다.

"나 이제 졸려."

채영이 하품을 하며 말했다.

"지금 몇 시지? 헐, 벌써 11시가 다 됐네. 우리 3시간이나 통화했어!"

내가 놀라며 대답했다.

"너 아픈데 이렇게 늦게 자면 안 되는 거 아니야? 이제 끊자."

"응, 잘자."

"너도 잘자. 아프지 말고."

'뚝.'

전화가 끊겼고, 나는 이미 소등된 병실 침대에서 혼자 잠을 자기 위해 눈을 감았다. 하지만 계속해서 트럭에 치이는 악몽을 꿔 몇 번이나 식은땀을 흘리며 잠에서 깨었다.

'헉, 허억.'

이번에도 꿈이구나. 이제는 제발 좀 자고 싶다. 그렇게 다시 눈을 감았다.

"저 아이가 그 애야? 친구 구하려다가 트럭에 치인 애?"

"그럴걸? 그나저나 진짜 멍청하지 않아? 친구를 구하려고 자기 목숨을 걸다니."

"그러니까. 근데 그 시대에는 그게 존경받을 만한 일이었다잖아."

"어우, 그 시대의 생각은 이해를 못 하겠더라."

여자 두 명이 시끄럽게 대화하는 소리에 잠에서 깼다. 근데 무슨 말이지? 그 시대? 존경받을 일? 내 얘기를 하는 것 같아 들어보려고 계속 자는 척을 하고 있었지만, 눈을 뜨고 싶어 미칠 것 같았다. 나 혼자 속으로 생각하는 사이, 여자들은 대화를 이어 나갔다.

"근데 얘는 왜 이렇게 오래 자냐? 좀 일어나서 돌아다니지."

"몰라, 빨리 일어나야 테스트도 하고 실험도 진행할 수 있는데. 빨리 빨리 일어나지도 않고 진짜 마음에 안 들어. 연구원이 하는 것도 없고, 이게 뭐야."

"그러니까. 얘 잠만 자니까 구경하는 것도 재미없다. 가자."

난 둘의 대화를 들으며 너무 기분이 나쁘고 이해가 안 갔다. 당사자가 바로 앞에 있는데 이렇게 큰 목소리로 불평을? 배려라고는 보이지 않는 사람들이었다. 여자들의 발소리가 점점 멀어졌고, 문을 열고 나가는 소리가 들렸다. 나는 기다렸다는 듯이 눈을 떴다. 이곳은, 병원이 아니었다. 벽과 바닥, 천장까지 온통 흰색이라 착각할 수 있었겠지만, 분명 아니었다. 방은 꽤 넓었다. 별다른 가구 없이 내가 누워 있는 침대 하나만 놓여있었고, 내 머리맡에는 종이 한 장이 있었다. 종이의 맨 위에는 '당신이 만날 도형들의 의미'라고 적혀 있었다. 제목부터 심상치 않은 느낌을 느낀 나는 언젠가 이 종이가 나에게 도움이 될까, 내용을 유심히 읽어 보았다.

<당신이 만날 도형들의 의미>
1. 동그라미: 비밀, 미스터리
2. 사각형: 신뢰와 안전, 평화
3. 삼각형: 움직임과 불안정, 위험

　종이의 내용을 곱씹으며 주변을 둘러보니 왼쪽과 오른쪽 벽에 각각 작은 창문이 하나씩 있었다. 앞에는 새하얀 문이 하나 있었지만 나가면 안 될 것 같은 마음에 창문으로 다가갔다. 왼쪽 창문 너머에는 사무실 같은 곳에서 연구원처럼 흰색 가운을 입은 사람들이 일하고 있는 듯 보였다. 오른쪽 창문 너머에는 내 방과 똑같이 생긴 방이 하나 있었다. 그곳에는 내 또래 정도 되어 보이는 남자가 앉아서 책을 읽고 있었다. 나는 반가운 마음에 창문을 쿵쿵 두드렸다. 두드리는 소리에 놀란 남자는 나를 보자 활짝 웃으며 내게 다가와 창문을 열고 말했다.
　"안녕하세요!"
　너무나도 밝은 남자의 목소리에 멋쩍게 웃으며 말했다.
　"네, 안녕하세요, 여기가 어딘가요?"
　남자는 갑자기 얼굴에서 웃음기를 쫙 빼더니, 진지한 표정으로 설명하기 시작했다.
　"정확한 시기는 모르겠지만 확실한 건, 여기는 미래라는 거예요. 연구원들이 말하는 것을 우연히 듣게 되었는데, 우리 머릿속에서 배려를 빼내는 실험을 진행할 거라고 하더라고요."
　"왜요?"
　"그건 저도 몰라요. 다 연구원들이 말한 내용을 우연히 듣게 된 거지, 제대로 된 설명을 들은 적은 한 번도 없거든요."
　당사자의 허락도 없이 막 데려다가 실험을 진행한다니, 해코지당하는 것은 아닐까 무섭기도 했다. 나는 갑자기 정신이 번쩍 들어 남자에게 물었다.

"그럼, 다시 돌아가는 방법도 모르시나요?"

"네, 정확히는 들은 게 없어요. 근데, 타임머신으로 우리를 이 미래까지 데려온 것 같더라고요. 아마 다시 그걸 타고 돌아갈 수 있지 않을까요?"

타임머신? 그건 영화에서나 보던 건데 미래에는 실제로 이용할 수 있게 된다니 흥미로웠다. 그러자 갑자기 문이 벌컥 열렸고, 흰색 연구원 가운을 입은, 나이가 꽤 있어 보이는 남자와 아주 젊어 보이는 여자가 서 있었다. 연구원 가운을 입은 남자가 나에게 말했다.

"서예빈씨, 밖으로 나오세요."

나에게 이 한마디를 던지고 옆 방으로 가더니 남자에게도 말했다.

"김지운씨도 밖으로 나오세요."

갑작스러운 상황에 당황한 내가 창문 너머로 남자를 보니, 밖으로 나가자는 듯 제스처를 취했다. 나와 남자가 밖으로 나오자 연구원은 따라오라고 말했다. 나는 연구원을 따라가며 남자에게 조용히 말을 걸었다.

"이게 무슨 상황인지 아세요?"

"저도 모르죠. 일단 따라가는 게 좋을 것 같아요."

연구원을 따라가 회의실 같은 곳에 도착했다. 남자 연구원은 우리를 의자에 앉히고는 설명을 시작했다.

"저는 연구원 동그라미입니다. 저 뒤에 있는 여자 연구원은 네모이고요."

네모 연구원은 저 멀리 떨어져 있는 의자에 앉아 멍한 표정으로 함께 설명을 듣고 있었다. 연구원 동그라미는 단 두 문장으로 본인들의 소개를 마친 뒤, 나와 남자가 말도 놓고, 친해질 수 있도록 적극적으로 도왔다. 남자의 이름은 김지운이었고, 내가 느낀 것처럼 나와 동갑이었다. 그때까지는 새 친구를 만들어 준 연구원이 착하기만 한 사람이라고 생각했다. 적어도 그때까지는, 이 얘기를 듣기 전까지는.

"이제 둘이 좀 친해진 것 같으니, 본론을 얘기할게요. 당신들은 지금 미래에 와있어요. 이곳은 2139년입니다. 저희는 당신들의 도움이 필요해서 불렀어요."

미래? 도움? 모든 것이 머릿속에서 뒤죽박죽 섞였다.

"지금 이 사회는 2023년보다 사이버 기술이 정말 많이 발전했어요. 사람과 사람이 직접 대면해서 하는 일보다, 서로 만나지 않고 사이버 세상에서 하는 일이 더 많아진 거죠. 그렇기 때문에 이 시대의 젊은이들은 대부분 배려하며 말하는 방법, 아니, 그냥 배려하는 법 자체를 잘 몰라요"

연구원이 긴 숨을 몰아쉬더니 다시 말을 이어 나갔다.

"그래서 저희가 당신들을 이곳으로 불러왔어요. 당신들 머릿속에서 배려를 빼내서 지금 시대 사람들에게 주입하려고요."

내가 깜짝 놀라 되물었다.

"네? 배려를 빼내요? 그게 가능해요?"

연구원이 어이없다는 듯 코웃음을 치며 대답했다.

"네. 기술이 얼마나 발달했는데요. 어쨌든, 배려를 빼내려면 전용 기계 정비가 완료되어야 하는데, 이 기계가 복잡해서 정비 완료까지 적어도 2시간 정도는 걸릴 거예요. 준비되면 2시간 후에 다시 방으로 부르러 갈게요. 그전까지는 연구소 구경이나 좀 하고 계세요."

나는 자리에서 일어나려는 연구원을 앉히며 말했다.

"그럼, 다시 2023년으로 돌아갈 수 있는 건가요?"

"배려가 성공적으로 추출되면 다시 과거로 보내 드리고, 예빈씨와 지운씨가 없어져서 당황했던 주변 사람들의 기억도, 저희가 해결하겠습니다."

골똘히 생각에 잠겨 있는 나와 지운을 본 동그라미 연구원은 다시 자리에서 일어나며 말했다.

"옥상에 테라스 있는데, 거기도 한 번 올라가 보세요. 대신, 실험 시작 전까지는 방으로 다시 돌아와 주세요. 음, 지금이 오전 7시 21분이니까, 9시 반 전까지는 방에 계시면 되겠네요. 부르러 가겠습니다."

연구원 먼저 회의실을 떠났고, 네모 연구원은 아직도 멍한 표정으로 그 자리에 가만히 앉아 있었다. 네모가 마음에 걸렸지만, 애써 무시한 채 지운과 함께 테라스로 이동했다.

테라스에는 진짜 나무나 풀은 보이지 않고 바닥도 인조 잔디로 이루어져 있었지만, 꽤 상쾌하고 쾌적했다. 시원한 바람을 쐬고 나니 걱정이 싹 날아가는 기분이었다. 하지만 지운은 어두운 표정으로 계속 고민하는 듯했다. 내가 아무 생각 없이 바람을 느끼는 사이, 지운이 입을 열었다.

"실험 시작 전에 2023년으로 돌아갈 거지?"

"무슨 말이야?"

"난 실험 당하기 싫어. 여기서 빠져나갈 거야."

"그냥 마음 편히 배려 좀 나눠주면 되지, 굳이 빠져나가려고?"

지운이 한숨을 쉬며 대답했다.

"나눠주는 게 아니라, 우리 머리에서 아예 빼내겠다는 거잖아."

지운의 쏘아붙이는 말투에 겁먹은 나는 말끝을 흐리며 대답했다.

"난 그런 계획 같은 건 없는데……."

잠시 적막이 흘렀고, 지운이 다시 입을 열었다.

"넌 왜 네 머릿속에서 배려를 빼내도 된다고 생각해?"

내가 기다렸다는 듯이 대답했다.

"다른 사람들은 안 하니까 항상 내가 먼저 배려해야 하는 삶도 지겹잖아, 안 그래? 이 시대 사람들처럼 남 신경 안 쓰고 내 마음대로 행동하는 것도 나쁘지 않은 것 같은데."

지운이 씁쓸한 말투로 대답했다.

"너에게 꼭 어떤 선택을 하라고 강요하지 않을게. 나는 먼저 방에 가있을 테니까 생각 정리되면 와서 말해줘."

지운이 떠나고, 테라스에는 나 혼자만 남아있었다. 도대체 어떻게 해야 할지 고민하던 그때, 누군가 내 옆으로 와서 말했다.

"과거로 갈 거야?"

목소리를 들어보니 내가 잘 때 나에게 불평한 여자 중 한 명이었다. 내가 덤덤하게 말했다.

"제 일에는 신경 안 쓰셔도 될 것 같은데요."

여자는 기분 나쁜 웃음을 지으며 말했다.

"우리한테 너희 머릿속의 배려를 나눠주는 것도 일종의 배려, 아닌가? 너희는 배려를 다시 배울 수 있잖아."

또다시 머릿속이 뒤죽박죽 했다. 여자의 말이 틀린 것은 아니었다. 내가 혼란에 빠져있는 사이, 여자가 나에게 명함을 건네었다.

"나는 연구원 세모야. 혹시라도 실험 진행할 거면, 9시 전까지 나한테로 와."

세모는 눈치를 보더니 나에게 귓속말로 말했다.

"저번에, 병원에서 들었어. 형편이 그리 좋지 않다며? 누가 알아, 내가 실험 진행하게 해주면 돈 걱정 없는 부자로 만들어 줄지."

세모는 이 말을 하고는 미련 없이 테라스에서 떠나버렸다.

"하아."

나도 모르게 한숨이 절로 나왔다. 마음 같아서는 지운의 선택을 따르고 싶었지만, 세모의 유혹에 넘어간 것인지 쉽게 결정할 수 없었다. 그때, 내 뒤에서 작게 한 여자의 목소리가 들려왔다.

"저기……."

아까 본 연구원 네모였다. 네모는 작은 목소리로 나에게 말했다.

"세모 말에 넘어가면 안 돼요. 조심 하세요."

나는 괜히 투덜대는 말투로 말했다.

"제가 네모 연구원님 말을 어떻게 믿죠?"

"타임머신, 어디 있는지 알아요. 두 분 돌아가시는 거 제가 도와드릴 수 있어요."

내가 놀라며 말했다.

"그럼, 저희를 여기로 데려온 것도, 네모 연구원님이 하신 일인가요?"

네모가 고개를 푹 숙이며 말했다.

"맞긴 하지만, 제 의지로 데려온 것도, 제가 직접 데려온 것도 아니에요. 동그라미 연구원님이 시키셨죠. 그분은 이 연구소에서 가장 높은 분이세요. 타임머신을 만들라는 것도, 예빈씨와 지운씨를 데려오라는 것도, 다 그분의 명령이었고요."

네모가 비장한 목소리로 말했다.

"두 분의 머릿속에서 배려를 빼내서 뭘 하려는 것인지는 저도 몰라요. 미스터리하고 비밀이 많은 분이라, 지시를 내리더라도 왜 시키는 건지 정확한 의도는 절대 알려주지 않거든요. 하지만, 이번 지시는 좋은 의도가 아닌 것 같아요. 왜냐하면 저희는 이미 복제 기술 개발에 성공했기 때문에, 아예 배려를 빼내지 않아도 충분히 복제하여 사용할 수 있거든요."

네모의 말을 들으니 동그라미 연구원이 소름 끼치게 느껴졌다. 네모가 다시 말했다.

"아마 세모는 동그라미 연구원님이 뭘 하려는 건지 알고 예빈씨에게 다가간 것 같아요. 동그라미의 계략을 가로채려고요."

내가 탄식을 내뱉으며 말했다.

"세모도, 동그라미도 뭘 하려는 것인지는 모르겠지만 정말 잔인하군요. 저 결정했어요. 네모 연구원님을 믿고 다시 2023년으로 돌아갈래요."

"저만 믿으세요. 꼭 안전하게 과거로 돌려보내 드릴게요."

나와 네모 연구원은 허겁지겁 테라스에서 내려와 지운의 방에 갔다.

"지운아! 우리 돌아갈 수 있어. 네모 연구원님이 도와주신대."

무슨 말인지 이해하지 못하는 지운에게 모든 걸 말해주었다. 세모가 나에게 찾아와 돈으로 유혹한 것부터 네모가 말해준 동그라미의 이상한 점까지 하나도 빼놓지 않고 다 털어놓았다. 이야기를 다 들은 지운이 말했다.

"그럼, 예빈이 너도 같이 가기로 한 거지? 연구원님은요? 한 번 같이 가보실래요?"

"그래요! 같이 가 봐요. 계속 2023년에 머물 수는 없겠지만, 잠깐 여행만 하고 오는 건 괜찮잖아요."

내가 맞장구치자, 네모는 난감해하며 대답했다.

"저도 정말 한 번쯤은 가보고 싶네요. 하지만 두 분이 무사히 타임머신까지 가시려면, 저는 동그라미 연구원님의 주의를 끌어야 해요. 아쉽지만 두 분만 가세요."

지운이 아쉬워하며 말했다.

"그럼 우린 이제 다시 만날 수 없는 건가요?"

네모 연구원도 아쉬운 말투로 말했다.

"네, 그럴 가능성이 크죠."

나와 지운은 네모 연구원에게 작별 인사를 했고, 그녀는 우리에게 본인의 사원증과 가지고 있던 여분 가운 두 벌, 타임머신의 위치를 써놓은 종이를 주었다. 우리는 얼굴이 최대한 노출되지 않게 마스크도 썼다. 가운을 입고, 연구원인 척하며 타임머신이 있는 곳까지 조심스럽고 신속하게 다가갔다.

"지운아, 여기서 어디로 가야 해?"

"여기서 우회전해서 쭉 가면 돼. 저기 문 보이지? 문 안으로 들어가면 제1 창고가 있는데, 그 안에 타임머신이 있어."

"근데 저 앞에 경비원 있는 것 같은데? 사원증 보면 속을까?"

"일단 해봐야지."

나와 지운은 당당한 발걸음으로 문을 통과하려고 했다. 그러자 경비원이 우리를 멈춰 세우며 말했다.

"사원증 보여주셔야죠."

경비원은 큰 덩치에 낮은 목소리를 가지고 있었다. 팔의 근육을 보니 잘못 맞았다가는 내 뼈가 부러져 버릴 것만 같았다. 떨리는 마음으로 사원증을 보여주었다.

"아, 네모 연구원님이시구나. 마스크 써서 못 알아봤나 봐요."

나는 얼른 이 상황을 끝내기 위해 멋쩍게 웃었다. 내가 얼른 문을 열고 들어가려 하자 경비원은 또다시 나를 멈춰 세웠다.

"근데, 옆에 남자는 누구예요? 처음 보는 것 같은데."

지운에 대해서도 물어볼 줄은 몰랐다. 내가 네모 연구원이라고 하면 그냥 들여보낼 줄 알고 뭐라고 얘기할지는 준비도 안 했는데. 내가 난감해하는 사이 지운이 대답했다.

"남자친구요."

갑작스러운 말에 당황했지만, 한편으로는 가슴이 설레었다. 경비원은 본인이 더 몰입한 듯이 한쪽 손으로 입을 틀어막으며 말했다.

"어머, 네모 연구원님 남자친구가 있으셨구나! 예쁜 사랑 하시고 얼른 들어가십쇼."

우리는 그렇게 생각보다 순조롭게 제1 창고로 도착한 줄 알았다.

"저기, 저 사람들이에요!"

창고로 들어가려는 순간 뒤에서 익숙한 여자의 목소리가 들려 왔다. 세모였다. 옆에는 동그라미도 함께 있었고, 창고 경비원만큼 덩치가 큰 남자들이 셋이나 더 있었다.

"경비원님, 그 사람 네모 연구원 아닙니다! 똑바로 검사 안 합니까?"

동그라미가 어이없다는 듯한 웃음을 지으며 말하자, 경비원은 혼란스러운 표정으로 나를 끌어당겨 마스크를 벗겼다.

'아, 결국 실패했구나.'

나와 지운은 동그라미와 세모로 인해 어쩔 수 없이 실험실로 끌려갔다. 지운과 나는 다른 실험실로 갈라지게 되었고, 이 불안하고 초조한 상황에서 나는 믿을 사람 하나 없는 외톨이가 되었다.

실험실 침대에 눕자, 머리 위로 크고 복잡해 보이는 기계가 있었다.

'이걸로 우리 머릿속 배려를 빼내려는 건가?'

두려웠다. 그때, 세모가 웃으며 다가와 말했다.

"그러게, 탈출 시도는 왜 해? 실험에 순순히 응하면 우리가 친절하게 집으로 돌려보내 주겠다는데 말이야."

끝까지 재수 없는 세모에게 일침을 날려주고 싶었지만, 이것도 에너지 낭비라는 생각에 겨우 무시하며 가만히 누워 있었다. 세모는 내 팔에 주사를 놓더니 다시 말했다.

"수면마취제 놨으니까, 넌 곧 잠들게 될 거야. 마취가 풀려 깨어나면 네 머릿속에 배려는 없을 거고. 혼자 정의로운 척은 다 하더니, 결국은 실패하는구나? 이제 다신 보지 말자!"

세모의 말이 끝나기 무섭게 나는 잠에 빠져버렸다.

"예빈씨, 일어나셨어요?"

네모의 목소리에 잠에서 깨었다. 난 그대로 실험실 침대에 누워 있었다.

"죄송해요, 제가 조금 더 시간을 끌었어야 했는데……."

네모의 미안해하는 목소리에 마음이 뭉클해졌다.

"아니에요, 괜찮아요. 저희를 위해서 최선을 다하셨잖아요. 그것만으로도 저는 감사한걸요."

내가 말하자 지운은 역시 그렇다는 듯이 고개를 끄덕였다. 네모가 웃으며 말했다.

"다행히 제 생각이 맞았네요."

내가 의아해하며 물었다.

"네? 뭐가요?"

"방금 예빈씨는 배려가 담긴 말을 했어요. 다른 연구원들이 머리에서 배려를 빼내었는데도 불구하고, 어떻게 그런 말을 할 수 있었을까요?"

네모가 흐뭇한 미소를 지으며 말했다.

"진정한 배려는 '머리'에서 나오는 게 아니라 '마음'에서 나오는 거였어요. 그들은 이 사실을 알지 못한 채 무작정 실험을 진행한 것뿐이고요."

'진정한 배려는 머리가 아닌 마음에서 나온다.'

이 한 문장이 내 마음을 울렸고, 가슴속 깊은 곳에 잠들어 있던 무언가가 뻥 터져 나오는 것 같았다.

"이제 다시 타임머신 찾으러 갈까요?"

우리는 아무 탈 없이 실험이 끝난 것에 기뻐하며 다시 제1 창고를 향해 걸었다.

창고에 도착해 경비원에게 다시 사원증을 보여주자, 경비원은 배려 추출이 성공할 줄 알았다는 듯 비웃으며 손을 흔들었다. 우리는 마치 배려라고는 눈곱만큼도 없는 사람들처럼 쌩하니 창고로 들어왔다. 창고의 끝을 향해 쭉 걷자, 딱 봐도 타임머신이라는 걸 알 수 있는 기계가 있었다. 지운이 아쉬운 미소를 지으며 말했다.

"도와주셔서 감사했어요. 네모 연구원님은 남들의 이기적인 행동에 물들지 않고, 꼭 배려를 잃지 않으셨으면 좋겠네요."

"네, 두 분께 배울 점이 많았어요. 두 분은 꼭 베푼 만큼 돌려받으실 거예요!"

나와 지운은 가슴이 찡해진 채 타임머신 안으로 들어갔다.

"타임머신 문 닫고, 다음에 뭐 해야 하지?"

"빨간 버튼 누르고 옆에 레버로 2023 설정해야 해."

"2023 설정했어. 이제 뭐 해야 해?"

"이제 오른쪽에 L이라고 쓰여있는 흰 버튼 눌러."

흰 버튼을 누르자 타임머신 안이 아주 밝게 빛나기 시작했다. 눈을 뜰 수 없을 정도로 아주 강한 빛이었다. 다시 돌아가니 기쁘지만, 좋은 사람들과 헤어져야 한다니 슬프기도 했다. 오묘한 감정에 괜히 큰 소리로 말했다.

"그럼, 우리 이제 못 만나는 거야?"

내 속삭임에 대답은 없었다. 지운이 먼저 과거의 자기가 있던 곳으로 돌아간 것인지, 아직 나와 함께 있는 것인지 알 수 없었다. 나는 피식 웃으며 말했다.

"안녕."

정신이 들었을 때, 나는 누워 있었다.

'다시 2023년으로 돌아온 건가?'

눈을 떠보니 연구소는 아니었다. 벽지의 무늬를 보니 병원으로 돌아온 것 같았다.

'날짜, 날짜를 봐야 해.'

나는 침대 옆 탁상시계를 확인했다. 2023년 7월 9일, 오전 10시 39분. 돌아왔다. 나와 지운, 네모 연구원님이 결국 성공한 것이다. 이 순간이 너무 감격스러워 눈물이 나오려고 했지만, 누군가 갑자기 노크하는 탓에 눈물을 흘릴 수 없었다.

"들어오세요."

내가 눈물을 참으며 말했다.

'누구지? 지금 올 사람이 없는데. 친구들이 학교를 빠지고 병문안이라도 온 걸까?'

누구일까 내심 기대했지만, 문을 쳐다보지 않았다.

'드르륵.'

누군가 병실로 들어온 것 같았지만 아무 소리도 나지 않아 문 쪽으로 고개를 돌렸다.

"지운아……."

주체할 수 없는 눈물이 왈칵 쏟아졌다. 멈추고 싶었지만 멈출 수 없었다. 헤어진 지 몇 시간 안 되었지만, 오랫동안 그리웠던 느낌이었다. 지운은 침대 쪽으로 다가와 말했다.

"다시 돌아와서 다행이다, 우리 둘 다."

나는 눈물을 흘리며 고개를 끄덕였다.

지운과 점심도 함께 먹고, 몇 시간 동안 신나게 여러 이야기를 나눴다. 지운이 떠난 후에는 혼자 '진정한 배려의 기준'에 대해 생각해 보았다. 배려는 너와 나, 우리를 성장시키고, 서로에게 영향을 끼치는 것이 틀림없다. 내가 생각하는 진정한 배려는 남의 강요로 인해, 어쩔 수 없이 하는 것이 아니라 본인의 의지가 담긴, 나에게 돌아올 이득만을 바라보고 배려하는 게 아닌 우리 모두를 위한 배려이다. 그게 바로 진정한 배려가 아닐까?

혼자 병실 침대에 누워 생각하는 사이, 또다시 병실 문을 두드리는 소리가 들렸다.

'똑똑똑.'

노크 소리가 왠지 모르게 경쾌했다.

"들어오세요!"

내가 소리치자, 우리 반 친구들이 우르르 병실로 들어왔다.

"짜잔! 우리 왔어!"

"서예빈 혼자 안 심심했냐?"

"이 언니가 선물 사 왔다! 열어봐, 너 완전 마음에 들걸?"

우리 반 친구들이 나를 찾아와 주었고, 그중에는 채영이도 있었다. 채영이는 내 옆에 앉더니, 두 손을 잡고 미소 지으며 말했다.

"고마워."

고맙다는 세글자만으로도 채영이의 진심을 느낄 수 있었다.

'연구원님이 말씀하신 베푼 만큼 돌아온다는 게, 이런 거구나…….'

불행할 줄만 알았던 순간이 그래도, 해피엔딩으로 끝이 났다.

당돌했지만 아름다운 날

김별하

아주머니는 가게 한편에 앉아 한숨만 푹푹 쉬며 조그마한 휴대전화를 들여다보고 있었다.

"손님들 발걸음이 뜸하네. 요즘 펫샵 평판이 안 좋나……."

'따르릉!'

그때, 전화벨이 요란하게 울렸다. 아주머니의 얼굴에 화색이 돌았다.

"네, 러브 펫샵입니다. 혹시 무슨 일로 전화하셨을까요?"

"이번 달 월세 언제 납부할 거예요?"

"……. 저희가 다음 주까지는 꼭 납부하겠습니다."

"이 봐요, 계속 이런 식으로 할 거예요? 저희도 사정이 있어요. 저희도 곤란해요."

"예, 저도 알죠……. 죄송합니다."

"그럼 다음 주까지는 밀린 것까지 다 입금해요. 안 그러면 방 빼고!"

전화가 뚝 끊겼다. 아주머니의 얼굴은 또다시 구름이 잔뜩 낀 날씨처럼 변했다.

"손님도 없는데 때려치울까? 그냥."

이 시각, 펫샵의 개들은 아주 평화롭지만 지루하게 하루를 보내고 있었다. 어린 강아지들은 밖이 훤히 보이는 창가에서 실컷 바깥을 구경하고 있었고, 한두 살 된 상품 가치 없는 다 큰 강아지들은 가게 가장 끝 방에 갇혀서 여느 날과 다름없이 지루한 하루를 보내고 있었다.

"아, 지루해. 너희는 안 지루해?"

회색 바닥에 뿌옇게 쌓인 먼지가 굴러다니는 방에서 퍼리가 말했다.

"야, 지루하지! 이렇게 온종일 누워서 잠만 자는데. 우리도 밖으로 나갈까?"

퍼리 옆에 딱 붙어 누워 있던 두 살 산타도 맞장구쳤다.

"뭐? 밖에 어떻게 나가! 아무리 지루해도 농담이 너무 심했다. 우리가 망고도 아니고."

"농담이야, 뭘 그렇게까지 반응할 건 없잖아. 그나저나 망고는 진짜 부럽다. 아주머니한테 이쁨도 받고."

"걔는 두 살이지만 포메라니안이라 얼마나 예뻐. 작고 귀여우니까 사람들도 망고를 더 좋아하던데."

"그러니까. 우리도 그렇게 작고 귀여우면 얼마나 좋겠니? 순덕아, 너는 그렇게 하루종일 누워만 있는데 안 심심해?"

한참 망고를 부러워하던 산타가 갑자기 구석에서 자고 있던 또 다른 두 살 먹은 순덕이에게 말을 걸었다.

"딱히 그런 것 같지는 않은데."

하지만 순덕이는 말끝을 흐리며 작은 목소리로 대답할 뿐이었다.

"아우, 심심하다. 우리 밖에 나가서 구경이나 할까."

"괜찮겠지 뭐. 순덕아, 너도 같이 갈래?"

퍼리와 산타는 몇 번 주고받고 이야기하더니 망고가 있는 로비로 나가기로 하고 순덕이에게 조심스레 물었다.

"아니, 됐어."

순덕이는 여전히 거절하며 말끝을 흐렸다.

그날 저녁이었다. 두 살 강아지들이 잠들려는 그때, 아주머니 방문이 끼이익 열리는 소리가 들렸다. 그러고는 경쾌한 전화벨 소리도 들렸다. 스피커폰을 켜고는 아주머니가 말했다.

"네, 이번에 개 보낼 사람이에요."

"펫샵 강아지들이면 품종견이겠네요? 최대한 빨리 데리러 가야겠네요."

"그럼 저야 좋지요. 내일 밤에 데리러 와 주세요. 강남역에서 50m 정도 떨어져 있어요. 마중 나가 있을 테니 데리고 가주세요."

개장수한테 온 전화였다. 잠귀가 밝아 잠에서 깬 순덕이는 이 모든 대화를 들어 버렸다. 순덕이는 어릴 때부터 인간의 옆에서 단 한 번도 떨어져 본 적이 없었다. 이 모든 대화를 이해한 순덕이는 들어서는 안 될 비밀을 들어 버린 것이다. 듣고 싶지 않았지만 들을 수밖에 없었던 순덕이는 시골 할아버지들과 함께 살던 어린 시절이 떠올랐다. 순덕이는 원래 집에서 기르던 개도 아니었고 개 시장에서 길러진 개도 아니었다. 자유롭게 시골을 떠다니고 곳곳에서 보살핌받던 개였다. 그러다 개장수를 만나 개 시장으로 팔려 갈뻔하다가 간신히 탈출해 펫샵으로 오게 된 것이다. 순덕이의 몸이 덜덜 떨렸다. 떨고 싶어 떠는 것이 아니었다. 그냥 순덕이의 몸이 제멋대로 떨렸다. 순덕이는 결심했다. 이번에는 그렇게 당하지 않을 것이라고. 반드시 가족을 찾아 행복해질 것이라고. 그때, 아주머니의 목소리가 한 번 더 들렸다. 친구와 통화를 하는 모양이었다.

"어머, 근데 언니! 그 망고라는 개는 되게 예쁘다며. 걔는 언니가 데리고 키울 거야?"

아주머니가 코웃음을 치며 말했다.

"걔 다른 데 가면 예쁘다는 소리도 못 들어. 우리 펫샵이니까 그나마 예뻐 보이는 거지. 그리고 걔를 왜 키우니? 성격도 고양이 닮아 깔끔 떨고 얼마나 까다로운데. "

순덕이의 귀가 한 번 더 쫑긋하게 섰다.

'망고를 데려가지 않는다면 분명 죽을 게 뻔해.'

순덕이는 이 모든 일을 알려야겠다 결심했다. 순덕이는 살금살금 산타에게 다가갔다.

"산타야, 좀 일어나 봐!"

산타는 귀찮다는 듯 반쯤 눈이 감긴 얼굴로 대답했다.

"뭐. 왜 불러?"

"방금 아주머니가 하신 이야기 들었어?"

산타는 무거운 눈꺼풀을 애써 무시하며 고개를 도리도리 저었다. 순덕이는 터져 나오려는 눈물과 당황을 참으며 말했다.

"아주머니가 우리를 버리고 개장수에게 보낸대!"

산타는 잠이 확 깼다. 산타도 똑같이 눈이 동그래지며 말했다.

"무슨 소리야? 개장수?"

산타가 깜짝 놀라 큰 소리로 내질렀다, 그 소리에 강아지들이 모두 깨버렸다. 퍼리와 망고도 어기적어기적 산타와 순덕이에게 걸어왔다.

"야. 무슨 이야기를 그렇게 크게 해? 지금 새벽 두 시야! 매너 좀 지키라고. 안 그래도 이런 먼지 범벅인 방에서 자는 것도 더러워 죽겠는데, 너희들까지 그래야겠어?"

"망고야. 방금 이야기 못 들었어? 우리 개장수에게 간대."

"뭐?"

망고가 큰 소리로 짖으며 말했다. 망고의 눈은 놀람과 두려움으로 떨렸고, 말도 안 된다는 말만 끊임없이 반복했다. 그렇게 자존심 강하고 자기 생각만 하던 망고의 눈에서 닭똥 같은 눈물이 떨어지기 시작했다. 강아지들 모두 한숨을 푹푹 내쉬기 시작했다. 당장 몇 시간도 안 남았는

당돌했지만 아름다운 날

데 모두 개장수에게 팔려 가고 싶지는 않은 모양이었다.

"망고야. 그만 울고 우리 회의를 하자. 너희도 개장수한테 팔려가 지독한 견생을 반복하고 싶지는 않은 거지?"

"탈출할 방법은 있고?"

모두 조용했다. 다들 다시 개장수에게 가서 같은 인생을 반복하고 싶지는 않지만 또 탈출할 용기는 없었다. 만약 탈출하다 들키면 개장수에게 채찍으로 맞을 테니까.

"그러면 이 계획은 어때?"

순덕이가 말끝을 흐리며 작은 목소리로 말했다.

"개장수들이 밥을 줄 때 케이지에서 몰래 탈출하자. 산을 타고 내려가면 마을이 있을 거야."

"어, 그게 될까?"

모두 자신 없다는 듯 풀이 죽었다. 망고는 여전히 훌쩍거리고, 산타와 퍼리는 불안한 눈빛이었다.

"그럼, 뭘 어떻게 하자는 건데? 그냥 개장수에게 끌려가고 싶어?"

순덕이는 답답한 나머지 강아지들에게 소리쳤다. 순덕이는 할아버지와 할머니들과 함께 살다 개장수에게 끌려간 그 끔찍한 순간이 떠올랐다. 강아지들의 눈빛이 사뭇 달라진 것이 느껴졌다. 강아지들의 마음속에 꼭 지켜야 할 목표가 하나 생긴 느낌이었다. 산타가 단단하고 굳건히 말했다.

"그래, 좋아. 시도해 보고 후회하는 게 낫지. 안 그래?"

"그래. 아무리 개장수 옆에서 무지개다리를 건넌다고 해도 도전해 보는 게 낫잖아."

강아지들도 하나둘 순덕이의 의견에 동의하기 시작했다. 사실, 모두 개장수에게 달려가 채찍질을 당할까 두려웠다. 하지만 강아지들의 마음

만큼은 단단했다.

"그럼, 우리 꼭 탈출하자."

순덕이가 진지하게 말했다.

다음 날. 예상했었던 대로, 개장수는 천천히 펫샵 안으로 들어왔다.

"누구누구 데려갈까요?"

그 낮고 묵직한 목소리에 모두 두려웠다. 강아지들의 털이 곤두섰고, 작게 으르렁거리는 어린 강아지들도 있었다. 펫샵 안의 강아지들은 눈을 내리깐 채 제발 내가 아니길 바란다는 눈빛으로 서로를 쳐다봤다. 아주머니가 말을 꺼냈다.

"저기 안쪽 방에 있는 한 살이랑 두 살 먹은 녀석들 데려가세요. 나머지는 보호소에 보내려고요, 어리니까 무료 분양하면 인기 있겠죠."

안쪽 방 강아지들의 분위기가 싸늘해졌다. 강아지들의 눈동자가 마구 흔들렸고, 털은 곤두서다 못해 마치 가시가 될 것 같았다. 순덕이는 작게 말했다.

"어차피 알았잖아. 우리 꼭 탈출해서 가족도 만날 수 있어."

"그래야지. 우리 서로를 믿자."

두 살배기 펫샵 친구들은 달달거리는 트럭을 탄 채 깜깜한 케이지 안으로 들어갔다. 두려움에 떨며 깊은 산속 개 시장으로 향하기 시작했다.

트럭의 소음이 멈추고, 하나둘 밝은 빛이 보이기 시작했다.

"차라락."

천이 걷히고 깜깜한 밤하늘에 밝게 빛나는 달빛이 보였다. 개장수들은 강아지들을 하나하나 우리에 넣었다.

"밥 먹이고 일단 재워. 내일부터 개 시장에 내놓을 거니까."

순덕이와 아이들은 알게 모르게 눈빛을 교환했다. 털커덕하는 소리와 함께 케이지가 열렸다. 순덕이는 케이지 문만 뚫어지게 쳐다봤다. 문이 열리는 순간, 두 살배기 강아지들은 힘껏 뛰기 시작했다.

"어, 어!"

"저 개들 도망친다!"

순덕이는 숨이 터져 죽을 것 같았다. 두려움이 온몸을 감싼 듯했지만 무조건 달렸다. 달리기만 했다. 뒤를 돌아보니 몽둥이를 든 사람들과 나머지 퍼리와 산타 망고가 헐떡이며 뛰어오고 있었다.

'만약 잡힌다면.'

순덕이는 다시 뛰었다. 숨이 목구멍까지 차오라 더는 숨을 쉬지 못할 만큼 뛰었다. 그렇게 뛰고 뛰다 보니 작은 구멍이 보였다.

"얘들아! 이쪽으로 들어와!"

순덕이는 앞에 보이는 나무 구멍에 무작정 뛰어들었다.

"아야!"

나무 덩굴로 가득 찬 구멍에 떨어졌다. 퍼리와 산타, 그리고 망고도 천천히 나무 구멍 안으로 떨어지기 시작했다.

"아야!"

"아야!"

"아이고!"

신음 소리가 여기저기서 터져 나왔다.

"어딜 간 거야, 놓친 거지?"

개장수가 한숨을 쉬며 이야기했다.

"아, 또 일 복잡해지겠네. 일단 개들 마릿수 맞추고 수량 바꿔. 수량이 안 맞으면 분명 빼돌렸다고 할 거야."

"그래도."

"빨리 안 가?"

"네!"

개장수들은 서로 이야기를 나누더니 잘못되어 버린 일을 처리하기 위해 다시 개 시장으로 뛰어가기 시작했다. 그제야 순덕이는 얼굴을 치켜들고 바깥을 쳐다봤다.

"얘들아, 갔다."

강아지들은 천천히 밖으로 나왔다.

"야, 뭐 이런 세상도 보고. 좋네! 나는 태어나서 이런 하늘 처음 봐. 너무 예쁘다. 내가 본 하늘은 다 칙칙한 색이었고, 빵빵거리는 자동차 소리랑 가로등 빛밖에 보이지 않았어. 근데 이런 달빛과 별빛이 비치니까, 뭔가 이상하다."

퍼리가 하늘을 바라보며 말했다.

"난 솔직히 말하면, 한 번 파양 당했어."

산타의 말에 강아지들 모두 놀란 토끼 눈이 되어 산타를 바라봤다.

"나도 진짜 가족이 있었으면 좋겠어."

산타는 사뭇 진지한 얼굴로 말했다.

"그러니까. 가족이 있으면 어떤 느낌일까? 날 언제나 좋아해 주고 사랑해 줄 수 있는 그런 존재가 생기는 거잖아. 그런 사람이 있으면 얼마나 행복할까?"

하나, 둘 맞장구치기 시작했다.

"근데 너무 철없는 소리 같긴 한데, 이렇게 모험해 보는 것도 나쁘지는 않아. 뭔가, 너희랑 진짜 친구가 된 느낌?"

산타도 웃으며 이야기했다. 그때 어디선가 낮고 카랑카랑한 목소리가 들렸다.

"야. 지금 이게 장난이야? 빨리 탈출할 생각을 해야지!"

망고가 꼿꼿하게 서서 말했다. 망고의 마음은 구름이 꽉 끼어 미처 햇빛을 보지 못하는 날씨 같았다. 마치 자신이 누군지도 모른 채 사람의 관심만을 바라는.

"아, 그래. 어서 가자! 이 산, 나 어릴 때 와 봤던 거 같아."

순덕이가 애써 밝게 말했다.

강아지들은 슬슬 망고의 눈치를 보며 천천히 걸어가기 시작했다. 산은 완만했고, 바람은 솔솔 불어왔다. 기분 좋은 밤이었다. 아마, 이런 태평한 모습을 본다면 대책이 없다고 생각할 수 있지만, 친구들은 진심이었다. 그들은 이 밤을 즐기고, 앞으로 닥쳐올 일이 아무리 힘든 일이라도 행복할 것이라 여겼다. 그러나, 그것은 큰 오산이었다.

다음 날 아침이었다. 산에는 이름 모를 풀과 나무들이 참 많았다. 이싱그러운 숲속에서는 무슨 일이 있든 모두 다 행복할 것 같았다.

순덕이는 밝게 웃으면서 말했다.

"얘들아, 잘 잤어?"

산에서 하루를 새고 나니, 순덕이는 시골 마을에서 할아버지들과 산에 가끔 올라갔던 기억이 났다. 순덕이는 친구들과 이런 산을 올라 본다는 게 행복했다.

"별로였어. 그리고 너희는 내려가고 싶은 마음이 없어? 이런 지긋지긋한 산골짜기 따위, 빨리 내려가야 사람을 보든 할 거 아니야! 너희 가족 만들고 싶다며. 그런데 이러고 있는 거야? 너희들 사람에게 사랑받고 싶지 않아? 왜 그러고 있어? 빨리 내려가든지, 죽은 척을 해서 사람을 오게 만들던지! 난 차라리 개장수랑 있는 게 더 나을 것 같아. 그러면 차라리 사람이라도 만날 수 있잖아. 개 시장 가면 입양 될 수도 있는 거 잖아. 너희 같은 개들이랑 있으면 안 되는 거였어. 난 솔직히 아주머니가 날 버렸다는 것도 안 믿겨. 너네, 설마 나한테 거짓말한 거야? 아주머니가 날 버렸을 리가 없다고!"

망고가 악을 쓰며 소리를 질렀다. 맞았다. 아주머니는 유독 망고를 좋아하고 예뻐했다. 항상 망고를 옆에 두었고, 손님들에게 개인적으로 키우는 개냐고 질문받을 정도였다. 그 정도로 망고만을 사랑하고 좋아해 줬던 아주머니가 자신을 버리고 싶다고 했다니. 충격을 받기에 충분했다.

"야. 왜 순덕이한테 뭐라고 하는데? 순덕이는 최대한 널 편하게 해주려고 하고 있잖아."

"그러니까. 이 산만 내려가면 저 아래가 마을이라고. 조금만 참으면 안 돼? 네가 깔끔한 체하는 거 알아. 그런데 이렇게 따라오기로 한 이상 어쩔 수 없는 거야. 그 정도는 감수하고 왔어야 하는 거 아니야?"

"……."

망고는 침묵했다. 더 이상 반박할 수 없을 만큼 약이 오르자 진짜 속내를 쏟아냈다.

"난, 사람의 관심을 받고 싶다고. 내 인생은 사람으로부터 시작되었고, 난 사람과 함께 죽을 거야. 난 너희처럼 가족을 원하지 않아. 누구든 날 사랑해 줬으면 좋겠다고."

조용한 정적이 흐르며, 강아지들은 망고의 이야기에 흠칫 놀란 듯했다.

그렇게 싸운 지도 벌써 하루가 지났다. 망고는 아직도 뾰로통해 있었다. 모두 함께 산을 타고 내려갈 때도 망고는 끝자락에서 덩그러니 따라왔다. 망고는 뒤에서 따라가고, 강아지들은 자기들끼리 먼저 가는 식이었다. 망고의 화는 풀릴 기미도 보이지 않았다. 그러다 일이 터졌다. 그날은 강아지들이 무작정 길을 걷고 있을 때였다. 깊은 넝쿨들이 숲속을 감싸고 있었고, 순덕이와 친구들은 아무렇지도 않게 넝쿨을 넘어 지나갔다. 가시가 몸에 묻든 말든 신경도 쓰지 않았다. 그저 그런가 보다 하고 넝쿨을 지나가고 있었다. 그러다 망고가 갑자기 멈췄다.

"야. 여길 어떻게 지나가란 거야? 그러다 가시에 찔려 감염되면 내 털이랑 피부 어쩌려고 그래? 내 포메라니안 털, 엄청 귀한 거야. 내 털 찔리면 책임질 거야?"

순덕이가 인상을 팍 찌푸렸다.

"또 시작이야?"

산타도 순덕이의 말에 맞장구쳤다.

"그러니까. 야 망고, 그만 좀 해."

망고는 또박또박 말했다.

"너네, 이거 나 왕따 만드는 거야. 적당히 해. 나 왕따 만들면 재미있어?"

순덕이는 망고의 말을 듣자, 머리가 꽉 막히는 듯 어이가 없었다.

"야. 어이가 없네? 우리가 언제 너를 왕따했어? 난 그냥 내가 올바르다고 생각한 대로 한 것뿐이야. 넌 여기 탈출하고 싶지 않아? 안 그래도 먹어도 되는 풀도 내가 알려 주고, 넌 그냥 먹기만 하는 거잖아. 이건 솔직히 네가 나한테 고마워해야 하는 거 아니야?"

"그래. 그렇게 내가 싫으면 버리고 가버려!"

망고는 악에 받쳐 소리를 질렀다. 순덕이도 더 이상 망고의 짜증을 받아주기 싫었다.

"그래. 버리고 갈게. 여기서 길을 잃든 말든 난 몰라. 이건 네가 선택한 거니까. 알아들었어?"

"그래. 우리는 먼저 갈 거야. 네가 이렇게 만들어 놓고 우리한테 뭐라고 하지는 마. 알았어?"

산타가 순덕이의 말에 맞장구쳤다.

"그래. 다 가 버려! 모두 다!"

산타와 순덕이, 그리고 퍼리는 망고를 남겨 둔 채 산에서 내려가기 시작했다. 이제 거의 삼 일이 다 됐는데 마을은 보이긴커녕 그저 높은 산들만 보였다. 이 산 몇 개를 넘어야 마을이 나올까. 만약 뒤에서 개장수가 나오는 건 아닐까. 강아지들은 항상 불안했다. 그리고 망고를 버리고 온 것도 마음에 걸렸다. 마음이 답답했고 뭔가 두고 온 것 같은 느낌이었다.

"산타야, 퍼리야. 너희 망고 마음에 안 걸려?"

순덕이가 조심스레 물었다. 산타와 퍼리는 한숨을 푹푹 내쉬었다.

"그러게. 걔는 진짜 혼자 할 수 있는 게 아무것도 없는 앤데. 괜찮을까 잘 모르겠다. 솔직히 좀 걱정되기도 해."

"혹시 계속 개장수들이 쫓아오는 것 아니야? 망고 달리기 느린데. 그날 밤에 도망을 칠 때도 내가 겨우 잡아챘어. 만약에 내가 안 잡아 줬다면 잡혔을 거야."

"망고 진짜 잡히면 어떡해! 다시 돌아가야 할까?"

순덕이의 가슴이 빠르게 뛰었다. 심장이 튀어나올 것 같았다. 만약 망고가 우리 때문에 잘못되면 어쩌나. 순덕이의 가슴은 급하게 뛰었다.

'어쩌면 좋지. 만약 망고가 나 때문에 잘못된다면.' 순덕이는 결심했다.

"그래. 우리 망고 데리러 가자. 망고가 이제라도 정신을 차리지 않았을까? 난 걔가 잘못된다면 모두 내 잘못 같을 것 같아."

산타와 퍼리는 잠깐 침묵했다. 그러고는 굳건한 표정을 지었다. 그러곤 말했다.

"그래. 데리러 가자. 어쩔 수 없어. 우리도 솔직히 마음이 좀 불편하긴 했어."

강아지들은 다시 왔던 길을 되돌아갔다. 순덕이는 계속 생각했다. 만약 망고가 자신 때문에 잘못된 것은 아닐까. 망고는 괜찮을까. 순덕이는 마음이 너무 답답했다. 어쩌면 좋을까. 만약 먹을 것이 없어 탈진했으면 어떻게 해야 하지? 걔가 모르고 독버섯을 먹었으면 어떻게 해야 하지? 만약 사람이 너무 보고 싶어서 개장수에게 갔다면? 그러다 채찍을 맞고 쓰러졌다면? 머리에 오만가지 생각이 떠올랐다. 만약 망고가 자신 때문에 잘못됐으면 어떻게 해야 하나. 그러면 얼마나 죄책감이 들까. 다 자기 때문인 것은 아닐까. 뭘 어떻게 해야 하는 걸까. 순덕이의 눈에서 눈물이 또르르 떨어졌다. 망고는 어릴 때부터 쭉 함께했던 친구였다. 가끔 망고 때문에 기분이 나쁘기도 했지만, 그래도 아주머니가 화를 내실 때 그나마 도와줬던 친구였다. 만약 진짜 잘못되면 어찌해야 하나. 순덕이의 마음이 터지기 직전 풍선처럼 부풀어 올랐다. 혹시 망고가 다치진 않았을까 하는 불안감이 느껴졌다. 어떻게 달렸는지도 모르겠을 찰나 저 너머 망고가 보였다. 망고는 꼿꼿한 자세로 있었지만 분명 눈이 감겨 있었다.

"망고야! 야 망고! 일어나! 일어나라고!"

순덕이는 눈물을 펑펑 흘리며 망고에게 다가가기 시작했다.

"망고야! 일어나 봐! 뭐가 어떻게 된 거야?"

산타와 퍼리도 눈물을 펑펑 흘리며 망고에게 다가갔다. 망고는 눈을 깜빡이며 서서히 일어났다.

"응? 순덕이? 산타? 퍼리? 너희 나 찾으러 온 거야?"

"야! 아무리 우리가 그렇게 화가 났다고 해도 쫓아왔어야지! 우리가 너 얼마나 걱정했는데."

순덕이는 눈물을 펑펑 흘리며 망고를 껴안았다. 갑자기 눈물바다를

경험하게 된 망고는 당황스럽고 어이가 없었다.

"너희 왜 그래. 나 많이 걱정한 거야? 나 멀쩡해! 그리고 너희가 울면 나도 너무 슬프잖아."

순식간에 나무 넝쿨 앞은 눈물로 가득 차 버렸다.

여기서 잠깐, 망고는 어떻게 지냈을까? 망고는 넝쿨 앞에서 순덕이와 산타, 퍼리가 떠나는 것을 한참 지켜보았다.

"진짜 날 두고 떠나버린 거야?"

망고는 한참을 멍하니 있었다. 그리고 자신이 한 짓을 다시 생각해 보았다, 그러고 보니, 자신은 무조건 아이들에게 배려만을 바랐다.

'내가 대체 무슨 짓을 한 거야.'

망고는 지금까지 자신이 해온 행동을 돌아보았다.

'순덕이는 다신 날 돌아봐 주지 않겠지. 산타와 퍼리도 그럴 거야. 차라리 진짜 개장수에게 가 봐야 하나.'

망고는 온갖 고민을 눌러 담았다. 만약에라도 순덕이가 자신을 다시 찾아와 주지 않는다면 어떻게 해야 할까. 어쩌면 순덕이는 나와 더 이상 함께하고 싶지 않은 것은 아닐까. 또다시 망고의 눈에서 눈물이 차올랐다, 하지만 이미 엎질러진 물이었다. 다시 돌이킬 수도 없는 일. 엎질러진 물을 주워 담을 수는 없는 것이다. 망고는 그렇게 슬퍼하고 후회하다 습관적으로 꼿꼿한 자세로 쪽잠을 자고 있었다. 그러다 자신의 이름을 부르는 희미한 소리가 들렸다.

'순덕이 목소리인가? 설마 날 데리러 왔겠어.'

망고는 설마 순덕이가 자신을 찾으러 왔을까 하는 의문과 그랬으면 싶은 희망을 품고 옆을 쳐다봤다. 나무 넝쿨 뒤로 순덕이와 산타, 퍼리가 자신을 향해 뛰어오는 모습이 보였던 거다.

망고의 눈에서 눈물이 터져 나왔다.

"야, 너네."

펑펑 우는 작은 망고를 순덕이와 산타, 퍼리는 따뜻한 온도로 감싸 주었다.

그날 밤, 넷은 나무 넝쿨 더미들을 지나 산골짜기에 다다랐다.

"그냥 우리, 천천히 가자. 언젠가는 도착할 거고. 너무 급하게 지나가면 정작 중요한 것들을 보지 못한대. 천천히 봐야 아름다운 거야."

순덕이가 천천히 입을 열었다. 순덕이와 퍼리, 산타는 천천히 걸어가며 하늘을 바라봤다. 아름다운 밤이었다.

며칠 동안 강아지들은 걷기만 했다. 산속에서 웃고 떠들고, 계곡에 물도 마시고, 풀도 뜯어 먹고, 열매도 따 먹고, 마음 끌리는 대로 걷고 떠들었다. 그러다 거의 마을에 다 내려온 밤이었다.

"얘들아. 너네는 펫샵 오기 전에 어떻게 지냈어?"

망고가 말을 걸었다.

"난 시골 숲속에서 할아버지들이랑 지냈어. 좋으신 분들이었는데. 잘 지내고 계실까. 난 죽기 전에 꼭 그 할아버지들을 찾아 보고 싶어."

순덕이가 슬프지만 애써 미소를 지으며 말했다.

"어쩌면 찾을 수 있지 않을까. 여기도 시골 마을인데. 개장수도 같은 동네 사람이라며."

"응. 그런데 아직 살고 계실지는 잘 모르겠어. 그리고 날 기억은 하시는지도 알 수 없지."

순덕이는 한숨을 푹푹 쉬며 말했다. 산타도 옅은 미소를 띠며 말했다.

"나도 한번 파양 당하긴 했어. 어쩌다 그렇게 된 건지는 잘 기억이 안 나는데 난 항상 그 가족 속에서 겉돌았어. 날 정말 사랑해 주기는 한 건지. 나를 가족이라 생각은 해 본 건지. 어떻게 해야 할지 잘 모르겠어.

다시 가족이 생긴다면 믿을 수는 있을까."

망고가 한참을 생각하다 덧붙였다.

"있잖아, 사람 중에는 좋은 사람과 나쁜 사람이 있어. 난 그중에 좋은 사람을 그토록 원하는 거고. 지금도 너희랑 여기 온 게 어쩌면 가족을 만나러 온 거잖아. 사람이 다 나쁜 거는 아니야. 너의 가족이었던 사람이 이상했던 거지. 그러니까, 사람을 너무 싫어하지는 마."

망고의 말에 산타가 말했다.

"난 이 마을에서 꼭 가족을 만나고 싶어. 진짜 가족, 날 사랑해 줄 수 있는."

퍼리가 말했다.

"난 내 이름을 가져 볼래. 우리 모두 이 이름들, 우리 가족들이 지어 준 거 아니잖아. 난 사랑을 담아 지은 내 이름을 꼭 갖고 싶어."

망고도 맞장구쳤다.

"그러니까. 난 나만의 이름을 가지고, 가족들이랑 하고 싶은 게 정말 많아."

다음 날이었다.

"얘들아. 오늘은 마을로 가자."

순덕이는 결심한 듯 비장하게 말했다.

"마을?"

"마을로 가면 사람들이 많이 있을 거야. 각자 가족을 찾는 게 우리 목표였잖아."

순덕이는 가벼운 미소를 보여주며 말했다.

"좋아, 난 좋은데?"

망고의 눈이 초롱초롱해지며 말했다.

"너는 사람 좀 그만 좋아해."

산을 따라 내려가니 금방 마을이었다. 마을 안에는 살가운 할머니 할아버지들과 풀내음이 가득한 조그마한 집들로 꽉꽉 채워져 있었다.

"와, 예쁘다."

"나도 옛날에 할아버지랑 이런 곳에서 살았는데. 찾을 수 있으려나."

"진짜 여기서는 꼭 가족이 생길 거야."

친구들은 밝은 미소를 지으며 마을로 당당히 걸어갔다. 싱그러운 여름, 가족을 찾으러 떠난 친구들은 비록 위험했지만 당돌했고 아름다운 날이었다.

마을에 내려간 지 며칠이 지났다.

"어머, 얘네 누구야? 너무 귀엽다!"

마을로 내려온 강아지들을 보고 동네 할머니들이 성큼성큼 걸어왔다.

"그러니까. 들개 같아 보이지도 않고. 너무 예쁘고 애교도 잘 부리고 순한데?"

"그러니까. 요놈 너무 귀엽다. 털도 복슬복슬하니 예쁘네. 얘 내가 데려가 키울까?"

"멍멍!"

망고가 귀여운 얼굴을 뽐내며 짖었다.

"아이고, 귀여워라. 음, 털이 복슬복슬하니까 복슬이라고 불러야겠다. 손녀딸이 얼마나 좋아할까!"

그렇게 망고는 복슬이가 되었다. 망고는 원하던 인간들과 함께 사랑받으며 살 수 있게 되었고 할머니들 사이에서 예쁨 받는 강아지가 되었다. 망고가 원하던, 사랑이 담긴 진짜 이름도 생겼다.

"장씨 할멈도 요녀석 데리고 가지 그래?"

"아이고! 덩치도 크니 아주 예쁘고 착한데? 가만 보니 요놈, 사람도 좋아하고 안 물잖아."

어느새 마을 사이에서는 강아지들을 데려다 키우는 것이 유행 아닌 유행이 되었다. 사랑으로 보살펴 주고, 자식처럼 대해 주는 마을 할머니들이 대다수였다.

"영숙이네도 얼른 데려가! 옆집도 내가 복슬이 기르는 거 보고 좋아하잖아. 넷 중에 한 녀석 데려가고 싶다던 걸."

"이 녀석, 꼭 내가 데려가고 싶은데. 이름을 장군으로 지어 줘야겠다. 튼튼하니 장군감이네! "

"하하! 이름 하나는 참 잘 지었네."

그렇게 산타도 장군이로 변했다. 이 전에 만났던 가족의 쓰디쓴 추억은 다 잊어버리고, 산타는 할머니들과 함께 사랑을 받으며 무럭무럭 자라고 있었다.

"근데, 저 점박이 참 예쁘다. 나도 데려가고 싶은데."

"저놈, 일도 잘하고 영리해. 사람 말을 다 알아듣는다니까?"

"내가 데려다 키우면 괜찮을지 모르겠다. 난 너무 어리바리해서."

"저 녀석 영특해서 자기가 알아서 잘할걸. 어차피 장군이랑 복슬이도 밖에만 있잖아. 쟤네 똑똑해서 자기가 할 거 다 잘해."

"그래. 그러면 저 점박이 내가 길러야겠다. 이런 게 인생의 낙이지 뭐."

그렇게 퍼리도 마침내 가족들이 생겼다, 순덕이는 마지막까지 남았지만, 누구에게도 정을 주지 않았다. 순덕이는 할아버지들을 찾아 다시 재회하고 싶었다, 산타, 망고, 퍼리 아니 장군이, 복슬이, 점박이도 모두 가족이 생겼지만 순덕이는 기필코 이 마을에서 할아버지들을 만나고 싶었다. 이미 돌아가셨다고 하더라도 은혜를 갚고는 싶었다. 좋은 추억을 만들어 주신 그런 할아버지들이 아직 살아있길 바랐다.

"근데, 저 개는 낯이 익지 않아?"

"쟤? 쟨 꼭 찾는 사람이 있는 것 같잖아."

"맞아, 그 영민 할아버지네 개 같기도 하고. 그 순덕이? 있었잖아. 일 년 반 정도 전에 잃어버린."

"영민 할아버지한테 데려가 봐?"

"그 영감, 순덕이 잡혀가고 정신 나가서 아무것도 못 했잖아."

"그 개 특징이 뭐였더라?"

"반점! 강아지인데 꼭 사람 같았어. 왼쪽 뒷다리 뒤에 반점이 있었잖아."

"쟤 좀 이리 오라 해 봐. 순덕이 맞는 것 같다니까."

순덕이가 깜짝 놀라 컹컹 짖어댔다.

'아직 그 할아버지가 여기 살고 계시다니. 말도 안 돼.'

순덕이는 왼쪽 뒷다리를 슬쩍 봤다. 어릴 때 있던 작은 반점이 그대로 있었다. 순덕이는 보란 듯 마구 뛰어가 반점이 있다는 걸 자랑하듯 왼쪽 뒷다리를 뻗었다.

"어머나! 순덕이 맞네!"

"영민 영감한테 데려가 봐. 끔찍이도 좋아했잖아."

"그려. 영민 영감이 그렇게 찾았는데 안 나타났잖여!"

순덕이는 너무나도 설렜다. 여기 온 이유이자 목적인 할아버지를 만나게 된다니. 달달거리는 자전거를 타고 가면서도 할아버지 생각만 가득 찼다.

"영민 영감! 순덕이였나? 내가 찾은 것 같아!"

"뭐? 우리 순덕이를? 어디 있는데. 이리 줘 봐."

"여기 반점도 있고. 순덕이여, 순덕이!"

"아이고 순덕아. 우리 순덕이 맞잖여!"

"그려! 당신이 그렇게 아꼈던 순덕이! 그 다른 영감들은 어떻게 됐어?"

"하늘나라 갔지. 일 년 반이 그렇게 길더라. 그 영감들도 우리 순덕이 봤어야 했는데."

순덕이는 반가운 마음에 꼬리를 신나게 흔들다 멈췄다.

'영민 할아버지밖에 남지 않았다니.'

순덕이가 영민 할아버지를 꼬리로 쓰담쓰담했다.

'할아버지, 우리 함께 오래오래 살아요.'

"그럼, 순덕이랑 좀 있어. 얘가 영감 만나기 전에 정도 안 줬잖여. 드디어 만났으니까 오래오래 같이 있어."

영민 할아버지는 순덕이를 오래오래 안고 있었다.

"우리 순덕이, 내가 얼마나 찾았는데. 너무 보고 싶었어, 우리 순덕이."

할어버지의 품은 따뜻하고 넓었다, 할아버지의 곁에서 오래오래 함께하고 싶은 마음이었다.

며칠 뒤, 망고와 산타, 퍼리와 다시 만나게 되었다, 순덕이가 슬쩍 다가가 이야기했다.

"우리가 여기까지 오래 걸렸지만, 가족이란 건 참 아름다운 거였어."

친구들은 밝은 미소를 띠었다.

동백꽃 전설

장지원

'불은 원소 중의 제일이다. 그것은 갑자기 찾아와 모든 것들을 쓸어간다. 그것을 피해 갈 자는 없다. 설사 사람이 아니더라도 말이다.'

언젠가 이런 말을 들은 적이 있었다. 그 말대로 불은 어느 날 갑자기 이곳, 배덕산으로 찾아와 하늘을 덮었고, 빛을 삼켰다. 그러고 나서 지상에 있는 모든 것들을 재로 만들었다. 몇백 년 동안 같은 자리를 지켜왔던 고목이 힘없이 쓰러지고, 산짐승들은 고통에 울부짖고 있었다. 하지만 한낱 동백꽃인 나는 그것들을 지켜볼 수밖에 없었다. 나의 친구들은 이미 형체가 사라진 지 오래였고, 보이는 것이라고는 새빨간 화염뿐이었다. 내가 그 재앙 속에서 할 수 있는 것이라곤 분노하고 절망하는 것, 그게 전부였다. 나는 이 상황을 이렇게 만든 불에게 분노했다. 하지만 불을 아무리 탓해봤자 달라지는 건 없었다. 산을 태운 게 불의 의지는 아니었겠지. 누군가가 산불을 냈을 테니까. 이제서야 그 사람을 저주해 봐야 무슨 소용이겠는가. 이젠 더 이상 피할 곳이 없다는 걸 온몸으로 느끼고 있었다. 그래도 살고 싶었다. 삶의 끝에서 뭐라도 해보고 싶었다.

나는 이곳에서 살아 나갈 방법을 궁리했다. 문득 이 산의 소원 나무인 소나무가 한 말이 떠올랐다. 사람의 영혼이 꽃의 영혼을 받아들이면 그 몸을 차지해 인간이 될 수 있다는 말이었다. 그때는 터무니없는 헛소리라며 무시했지만, 지금은 다르다. 티끌만큼의 희망이라도 붙잡아야 한다. 하지만 사람은 코빼기도 보이지 않았고 나는 기다릴 수밖에 없었다. 불길은 점점 내려오고 있었고, 나는 초조해지기 시작했다. 온갖 생각들이 떠오르기 시작했다.

"이 산은 이제 사라지려나? 나 진짜 이대로 죽는 건가? 안돼, 살고 싶어. 그럼, 이 산을 벗어나야 하는데, 무슨 수로?"

그때, 뿌연 연기 사이로 한 소녀가 보였다. 그녀는 지쳐 바닥에 쓰러져 있었고 그녀의 육체는 더 이상 제 기능을 할 수 없어 보였다. 유감스럽게도 움직일 수 있는 몸이 필요한 나에게는 적합한 사람이었다. 어차피 이대로 죽느니 나로 인해 육신을 더 보존할 수 있지 않을까? 나는 소녀에게 속삭였다.

"소녀야, 나는 내 집과 가족을 앗아간 자를 찾아가 그들의 복수를 하려고 하고 있어. 이 산에 불을 지른 자를 찾아가 우리에게 그런 것처럼 똑같이 해줄 거야. 그러려면 네 몸이 필요해. 하지만 내가 네 몸을 빌리는 동안 네 영혼은 쉴 수 없을 거야. 하지만 네가 네 몸을 내게 준다면 내 목숨을 걸고 이 산의 모든 것들을 대신해 복수할게. 나를 도와줄 수 있겠니?"

그녀는 나지막이 말했다.

"네."

그 순간 나는 그녀의 몸을 갖게 되었고, 그대로 기절하고 말았다.

나는 한 낡은 방에서 깨어났다. 나는 완전히 인간이 되었다. 새로운 몸이 어색했지만, 몸을 움직일 수 있었다. 몸을 일으켜 내다본 창문 바깥에는 더 이상 빨간 화염이 보이지 않았다. 그렇다는 건 내가 있는 곳이 배덕산에서 멀리 떨어져 있는 곳이거나 산불이 완전히 꺼진 것일 테다. 조금 뒤에, 건넛방에서 한 소녀가 들어왔다. 이 몸의 나이와 비슷해 보였다. 그녀는 내 안부를 묻고, 직접 달인 약을 건네주었다. 소녀는 나에게 여러 얘기를 해줬다. 소녀의 얘기를 정리하자면 이렇다. 나는 정신을 잃고 배덕산 초입에 기절해 있었는데, 마을 사람들이 그런 나를 발견하고 이 집으로 데려왔다. 자신의 이름은 온기이고 나이는 18살이라고 했다. 이 집에는 자기 혼자만 살아서, 내가 원한다면 이곳에 쭉 머물러도 된다고 했다. 갈 곳 없던 나에겐 고마운 일이었다. 이젠 일어설 수 있을 만큼은 회복되어서 온기가 마을 구경을 시켜주기로 했다. 마루에 앉아 주위를 둘러보니 산은 까맣게 물들어 있고, 그 위에 드문드문 회색 눈이 쌓여 있었다. 살을 에는 차가운 바람 사이엔 씁쓸한 탄내가 묻어 있었다. 온기는 내 손을 잡고 마을 이곳저곳을 돌아다니면서 마을 사람들을 소개해 주었다. 국밥집 아주머니, 먹장¹할아범, 전기수 감천, 필경사²류찬, 산에서 얼굴을 몇 번 본 듯한 약초꾼과 나무꾼들 등등 많은 마을 사람이 있었다. 마을 사람들은 희망을 잃지 않고 힘차게 이 상황을 이겨내고 있는 것처럼 보였다. 그런데 사람들 사이로 익숙한 기운이 느껴졌다. 나는 그곳으로 달려갔다. 그는 20대 초반으로 보였고 불에 살짝 그을린 푸른색 철릭³을 입고 있었다.

"너 누구야. 네가 불 지른 놈이냐?"

그가 범인이라는 생각에 확신이 서가고 있을 때 그가 당황스러워하는

---

1 먹을 만드는 장인
2 글을 대신 써주는 사람
3 남자 한복의 일종으로 저고리와 치마가 합쳐진 것이 특징이다.

목소리로 대답했다.

"아이고, 자네 그 동백꽃 맞지? 나야 나! 소천! 저곳 배덕산 정상에 있는 소원 나무 금강송[4]!"

나는 이 말을 듣자마자 깜짝 놀랐다. 소원 나무 금강송은 배덕산에서 최고(最古)의 나무이자 배덕산의 모든 걸 감지할 수 있는 신비한 능력을 지닌 나무이다. 소원 나무는 오래 사신 덕에 모르는 게 없으셔서 할아버지라고 부르며 믿고 의지하는 분인데 알아뵈지 못하다니! 그리고 인간이 되는 방법을 알려주신 분도 바로 이분이셨다. 내 목숨을 살려주신 분이나 마찬가지인데 고작 외관이 바뀌었다 해서 알아보지도 못하다니, 나 자신이 너무 한심했다.

"할아버지! 인간이 되신 겁니까? 제가 몰라뵙고 착각했습니다. 죄송합니다."

"아닐세, 나도 자넬 찾고 있었다네, 자네에게 말해줄 게 있어서 말이야."

그는 몹시 급해 보였다.

"먼저 산에서 인간이 되어 살아남은 건 우리 둘밖에 없어. 또, 자네 본체인 동백꽃을 잘 지켜야 하네. 본체가 손상되면, 네 정신에도 손상이 온다네. 그러니 조심하게. 그리고, 가장 중요한 사실이 있네. 산에 불을 지른 이가 이 마을에 숨어있다네."

그 말을 듣자마자 잘못 들은 것은 아닌지 의심했다. 분명히 아까 아침에 본 사람들은 너무나 착하고 친절한 사람들이었다. 어느정도 예상은 했지만, 이곳에 숨어있다는 사실에 너무 충격받았다. 그가 다음 방화를 준비하고 있을지도 모른다는 생각에 치가 떨렸다.

---

4 소나무의 종류 중 하나로 궁궐이나 사찰을 지을 때 사용하는 건축재이다.

"나는 어제부터 방화범을 찾고 있었다네. 방화범에 대해 아는 정보는 딱 세 가지뿐이야. 하나는 그가 남자라는 것, 둘째는 방화범의 옷소매에 먹물이 묻어 있었다는 것. 그리고 기름 냄새가 아주 진하게 났다는 것이라네."

이 마을에는 글을 아는 사람도 별로 없고 가격도 비싸 먹을 가지고 있는 사람들은 많지 않을 것이다. 그렇다면 용의자는 두 명으로 추려진다. 먹장과 필경사. 그들은 먹과 밀접한 관련이 있으니 분명 소매에 먹물이 묻어 있을 테다. 그중에서 몸에 기름 냄새가 배어 있는 사람을 찾으면 될 것이었다. 나는 먹장이 있을 먹가마로 내려갔다. 가까이 다가가니 겨울바람을 뚫고 열기가 느껴졌다. 가마에서 나오는 열기가 마치 그날을 떠올리게 했다. 잡다한 생각은 버리고 이곳저곳을 돌아다니며 단서가 있을까 돌아보는데, 가마 입구가 허물어 있었다. 땅에는 아교[5]가 흘러 굳고 있었고 그을음을 모아놓은 광주리도 엎어져 땅이 검게 물들어 있었다. 그리고 창고에 가득 차 있어야할 장작이 텅텅 비어있었다. 대체 장작을 어디다 이렇게 많이 쓴 걸까? 설마 불을 지르는 데 불쏘시개로 사용한 거였을까? 나는 이곳에 무슨 일이 있었느냐고 물었다. 먹장은 어젯밤 누군가가 장작을 몽땅 훔쳐 달아났다고 했다. 완성된 먹도 아니고 장작을 훔쳐 갔다는 게 조금 의아했다. 절대로 이런 사람이 불을 질렀을 것 같지는 않았지만, 내 눈은 자연스레 그의 소매로 갔다. 아니나 다를까 그의 소매엔 먹이 묻어 있었다. 그뿐만 아니라 손도 검게 물들어 있었다. 이걸로 흥분해서는 안 된다. 원래 먹이 묻을 수밖에 없는 직업이기도 하고 아직 한 명이 더 남아있기 때문이었다. 다음으로는 필경사를 찾아갔다. 집 앞으로 찾아가도 안 보이다가 집 안으로 들어가니 그제

---

5 동물의 가죽, 힘줄, 골수 등을 끓여 만든 점성 있는 물체이다.

야 얼굴이 새빨개져서 나왔다. 소매를 보여달라고 하니 당황한 듯 우물쭈물하다 결국 소매를 내밀었다. 그의 옷소매에도 먹이 묻어 있었다. 혹시 몰라 나는 마을 사람들 하나하나 다 찾아다녔다. 그러다 전기수 감천의 집에 들르게 되었다. 담 너머에서부터 향냄새가 진동하고 있었다. 그의 소매는 깨끗했지만, 나는 그를 불러 향을 피운 이유를 알려달라고 했다. 그는 산불로 피해를 당한 모든 것들의 명복을 빌기 위해서라고 답했다. 그는 너무나도 세심하고 인자해 보였다. 그의 어떤 모습도 파렴치한 방화범의 모습 같지 않았다. 그 이후로 많은 사람의 소매를 보았지만, 소매가 얼룩진 사람은 있어도 먹이 묻어 있던 건 그 둘밖에 없었다. 그날 저녁, 생각들을 정리하기 위해 마루 위에 누워 하늘을 보며 누워 있다 깜빡 잠이 들었다. 그러다 웬 개꿈을 꾸었는데, 산꼭대기에서 어느 한 남자가 검은 복면을 쓰고 손으로 불을 뿜는 것이 아니겠는가. 나 원, 방화범 생각만 하고 있으니 이런 꿈을 다 꾸고, 나 자신을 이해할 수 없었다. 워낙 얕은 꿈이어서 바로 깨었는데, 갑자기 담장 너머로 누군가 걸어오는 소리가 들렸다. 나는 온기가 오는 줄로만 알고 담장 앞으로 나가려는데. 웬 검은 복면을 쓴 사람이 찾아오는 것이 아니겠는가? 근데 무언가 익숙했다. 맞다. 아까 꿈에서 본 그 복면과 흡사했다. 나는 놀라서 뒷걸음질 쳤지만, 그는 내 앞으로 점점 다가왔다. 나는 다리에 힘이 풀려 넘어졌고, 복면은 내 얼굴 바로 앞까지 얼굴을 들이밀었다. 그에게서 기름 냄새가 진하게 났다.

"그러니 얌전히 있지, 왜 나를 찾고 그러냐? 네가 날 찾을 수 있을 거로 생각한 거니? 산에서 기절한 애 살려놨더니 자기가 자기 명을 재촉하네."

그는 한마디를 할 때마다 내 얼굴 바로 옆에 불을 쐈다. 꿈에서 본 그 사람이다. 이 사람이 방화범이라는 걸 직감적으로 알 수 있었다.

"대체 어떻게 불을 쏘는 거지? 설마 술사인가?"

"아까 먹이 묻은 소매를 찾고 다니더군! 그렇게 티를 내고 다니는데, 옷을 갈아입었을 거라는 생각은 안 했나?"

그리고 화염을 내 목 바로 앞으로 가져왔다.

'아. 내 생각이 짧았다. 그럼, 이 복면이 방화범일까?'

하지만 이런 생각을 하고 있을 때가 아니었다. 죽다가 살아났는데 복수도 못 하고 얼굴로는 주먹이 날아오고 있었다. 아직 아무런 대책도 없는데, 이제 살아남긴 글렀다. 나는 마지막 힘을 다해 주먹을 날렸다.

"악!"

외마디 비명과 함께 검은 복면은 바람에 날아갔고, 그의 얼굴이 점차 보이기 시작했다.

"감천?"

놀랍게도 그는 내게 친절하게 대해줬던 전기수 감천이었다. 분명 몇 시간 전까지만 하더라도 아이들에게 재밌는 이야기를 들려주고, 그가 보여준 소매에는 먹물이 묻어 있지도 않았다. 아 맞다. 옷 갈아입었다고 했지.

"이런 쌍!"

그의 분노가 섞인 욕과 함께 '어? 이걸 맞았네, 약한가?'하는 생각이 들어 주먹을 날리려 준비하고 있었는데 갑자기 '쾅!' 하는 소리와 함께 또 다른 누군가가 나타났다. 류찬이었다. 류찬은 능숙하게 허리춤에서 칼을 빼서 감천에게 반격했다. 그러곤 칼을 날려 감천의 왼팔에 꽂았다. 상처에서 빨간 피가 뿜어져 나왔다. 하지만 감천은 개의치 않고 소매에서 칼을 뽑더니 기합을 지르며 류천의 다리를 벴다. 류천이 상처를 부여잡고 있는 사이에 그는 담장을 넘어 도망쳐 버렸다. 나는 그대로 쓰러졌다. 이런 약하디약한 몸뚱이. 나는 다음 날 오후에 깨어났고, 내 옆에는 소천이 있었다.

"밤새, 간호해 준 거예요? 저를?"

"그래, 근데 상처가 아주 빨리 낫더구나. 네 능력이냐?"

정말 신기하게도 상처는 거의 다 나아 있었다. 내게 이런 능력이 있었던가?

그 빌어먹을 방화범이 산으로 들어갔다. 분명 그의 몸은 기름 냄새로 찌들어 있었다. 콩기름이었나. 기름의 정체는 알 수 없었다. 중요한 사실은 그가 불을 지르는 모습이 꿈에 나왔다는 것이다. 그 말은 즉, 가까운 미래에 그가 불을 지른다는 뜻이었다. 그 사이에 산불을 준비한 것일까? 언제 불을 지를지 모른다. 더군다나 내가 그자를 자극해서 전보다 더 큰 불을 지를 수도 있다. 소천과 함께 산으로 간다.

"저랑 그놈 잡으러 가요. 당장 오늘 저녁, 제가 꿈에서 봤어요. 예지몽인 것 같아요. 그 사람이 오기 전에 꿨는데, 배덕산 정상에서 불을 지르고 있었어요. 우선 주민들에게 미리 말해 놓고, 준비도 하고, 술시**6**쯤에 출발하죠."

"안된다. 네 몸으론 아무것도 못 하고 끝장날 테다."

"아뇨, 전 갑니다. 짐이 되더라도 그 녀석 면상 보고 욕은 한번 하고 가야겠어요. 내 친구들 복수는 해야죠."

"잘할 수 있겠느냐?"

"그럼요."

"알겠다. 그럼 너는 사람들에게 이 사실을 알리고 오거라."

나는 말이 끝나자마자 사람들의 집을 찾아가기 시작했다. 그러다 약초꾼의 집에 가게 되었는데, 그곳엔 다리에 붕대를 감고 있는 류천이 있

6 오후 7시부터 9시까지의 시각

었다. 그는 자기 상태는 신경도 안 쓰고 바로 내게 다가와 내 안부를 물었다. 너무 한심했다.

"상처는? 괜찮아?"

"저는 괜찮으니까 그만 물어요."

"다행이다. 다행이야."

그는 나를 보며 계속 중얼거렸다.

"근데, 칼은 왜 가지고 있던 거예요? 칼은 어디서 배웠고. 필경사가 배울만한 건 아닌데."

"어, 그건 어렸을 때 살아남기 위해 배웠다. 멋지지? 칼은 비명이 들려서 서둘러 챙긴 거야."

'거짓말, 그의 검술은 눈대중으로 배운 게 아니다. 수년은 수련해야 저 정도에 오를 수 있을 것이다. 하지만, 지금은 취조하러 온 게 아니니까 일단 모른 체 하고 지나가자.'

"근데 그쪽은요, 저 구하려다 다쳤잖아요. 그쪽이야말로 괜찮은 거예요?"

"그럼, 걸을 수도 있어. 필경사가 손 안 다친 게 어디냐."

"저, 산으로 가려고요."

"어? 안돼! 거기로 방화범이 도망갔잖아! 네가 다칠 수도 있어!"

그는 날 진심으로 걱정하는 듯했다.

"그래서 가는 거예요. 그 자식 잡아야죠. 자기 다릴 그렇게 만든 놈인데, 그냥 냅둬요? 준비 많이 했으니까, 걱정하지 마세요. 제가 죽기라고 할까 봐요? 걱정 마세요, 살아서 올 테니까. 그리고 20살밖에 안 먹은 청년이 왜 이리 걱정이 많아요. 내가 올 때까지 쉬면서 다리 잘 치료해요."

"꼭 안녕히 다녀와라, 다녀오면 꼭 해줄 얘기가 있다."

"징그럽게 왜 그래요. 아! 그리고 손 좀 내밀어봐요."

나는 내 본체인 동백꽃을 그의 손에 올려놓았다.

"저한테 아주아주 소중한 건데, 믿을만해서 주는 거예요. 아무도 모르는 곳에 숨겨두세요. 누가 보여달라고 해도 절대 보여주지 말고요. 부탁할게요. 잘할 수 있죠?"

"아! 아니, 잠깐!"

나는 마지막으로 활짝 웃어주고 그대로 뒤돌아 집으로 갔다. 아직 약속 시간인 술시가 되기엔 한참 멀었지만, 그와 가까이 있으면 이상한 기분이 들어 더 이상 있기 싫었다. 마지막으로 친구 온기에게도 말을 전했다.

"온기야, 나 소천과 산으로 갈 거야. 그리고 불 지른 놈 꼭 잡아서 복수할 거야. 너는 이해 해줄 거라 믿는다."

"그래, 너는 용감하니 잘할 거라 믿을게."

온기의 말을 듣고 나니 그녀의 이름처럼 마음이 따뜻해지는 기분이 들었다. 시간은 빠르게 지나 술시가 되었다. 소천은 창과 칼 한 자루씩을 들고 집으로 왔다. 쌀쌀한 바람이 불고 해가 거의 진 저녁에 나와 소천은 겨울 산으로 걸음을 내디뎠다.

얼마나 지났을까. 하늘은 벌써 까맣게 물들고, 불이 휩쓸고 간 산은 아무것도 남지 않았다. 그래서 이곳엔 위협을 끼칠 어느 동물도 없었다. 하지만 그것이 우리를 더 불안하게 했다. 아무것도 없는 재로만 덮인 산. 바람이 불 때마다 몸으로 재가 흩날리고, 탄내가 온몸에 스며들었다. 아무리 걸어도 모든 게 다 똑같아 보였고, 같은 자리를 계속 돌고 있는 것 같았다. 그건 나를 지치게 만들었고, 내 정신은 버텨내지 못했다. 나는 곧 헛것을 보기 시작했다.

"할아버지! 저기서 불이 오고 있어요! 저 불이 안 보이는 거예요? 도망쳐야 해요! 빨리!"

"하, 애야. 뭘 보고 있는 게냐?"

"저 불이 안 보이세요? 지금 어디 계신 건가요?"

"난 여기 있다. 지금 네 옆에 같이 있잖느냐!"

내가 주위를 정신없이 둘러보는데, 소천은 눈 깜짝할 새 불 앞에 서 있었다.

"안돼! 빨리 도망치라고요!"

그 순간 불이 바람에 번져 그의 옷자락에 닿았고, 그의 몸은 점점 타들어 갔다. 그리고 이내 쓰러졌다. 나는 곧장 달려가려 했지만, 어떤 이유에서인지 다리가 움직이지 않았다. 나는 계속 소리를 질렀다.

"으악! 할아버지, 할아버지! 아아! 일어나요!"

"네 이놈! 정신 차리거라!"

갑자기 들려온 그의 호통에 나는 정신을 차렸다. 그제야 소천이 내 옆에 계속 있었다는 걸 깨달았다.

"네놈이 이 산을 지키고자 하는 생각이 기특하여 내 너와 같이 왔건만. 이게 무슨 짓이냐! 네가 네 입으로 산을 지킨다고 해놓고, 불이 닥치니 도망치는 거냐?"

"아! 아닙니다! 제가 잠시 미쳤었나 봅니다! 하지만 제가 산을 지키고 싶은 마음만은 진실합니다!"

"아니다. 네놈이 산을 지키고 싶다는 게 진심이든 아니든, 너는 이미 내게 실망을 주었다. 이만 여기서 내려가거라!"

역시 나는 짐만 되는 존재였구나. 내 의지와 상관없이 눈이 붉혀졌다.

"할아버지, 저를 이곳까지 이끌어주셔서 감사드립니다. 그리고, 제발 이 산을 지켜주세요."

내 속에서는 나를 향한 증오와 무기력함, 원망이 뒤섞이고 있었다. 미련은 나를 뒤돌아보게 했다. 혹시나 다시 돌아와 '같이 가자.' 하지는 않을까. 하지만 묵묵히 걸어가는 그의 뒷모습만 눈에 아른거릴 뿐이었다. 내가 한 식경[7] 정도의 시간이 지나고 산에서 내려올 즈음이었다. 갑자기 큰바람이 불더니 불씨가 함께 날아와 내 몸에 붙었다. 나는 바로 뒤를 돌아봤다. 아까 내가 본 그 장면이었다. 내가 보았던 것은 헛것이 아니라 미래였다. 불은 빠른 속도로 내게 오고 있었다. 잠깐, 그렇다면 아까 내가 본 것 중에 소천이 불에 타는 장면이 있었다. 불이 더 번지기 전에 산꼭대기로 올라가서 잡아야 한다. 나는 미친 듯이 뛰어갔다. 발에서 피가 나도, 불씨가 얼굴에 튀어도 개의치 않고 달려갔다. 정상에 거의 다 도착했을 때 보이는 것은 불타고 있는 나무들이었다. 별로 남지도 않은 나무들은 가지가 부러진 채로 타오르고 있었다. 소천을 찾기 위해 정상으로 올라갔는데, 소천의 금강송이 불타고 있었다. 나무에서는 송진이 뚝뚝 떨어지고 그가 빌린 인간의 몸은 근처에 기절해 있었다.

"어? 많이 늦었네. 내 팔에 칼 꽂은 놈은 안 온 거야? 뭐, 다리가 그 지경이 됐는데, 못 왔겠지! 큼, 그래도 넌 올 거라고 믿었어. 할 말 있었는데, 잘 됐다."

감천이 이상한 눈빛으로 나를 쳐다보더니 내게 점점 다가왔다. 그에게서 기름 냄새가 진하게 났다. 콩기름 냄새였다. 내 추측이 맞았다.

"네놈, 신비한 꽃이지?"

"미친놈. 지금 무슨 소리를 지껄이는 거냐? 그리고 꽃이라니, 사람인 내가?"

"내가 그것도 모를 줄 알았냐? 그렇게 티를 내고 다니는데? 내가 산을 태운 날! 너를 발견해 데려온 것도 나였어! 그리고! 너 능력 있잖아.

---

7 한 끼의 음식을 먹을 만한 잠깐 동안

강해지기 위해 온갖 힘을 모은 나한테 죽을 만큼 맞고 불에 화상을 입고도 다음 날 멀쩡히 돌아다니는 치유력! 또 날 코피가 날 만큼 세게 때릴 수 있는 힘!"

그 녀석은 마치 인격이 분리된 듯 갑자기 화를 냈다. 또 차분해졌다. 기괴하게도 그 눈빛과 썩 어울렸다.

"또 내가 올 거라고 예지도 했잖아."

"그래, 맞아. 하지만 그게 끝이다. 나는 신비한 꽃이 아니란 말이다. 고작 너도 죽이지 못하고, 이런 불이 난 산에서 도망치지도……."

"아이고, 이제야 알아챘나? 살고 싶어? 그럼 불어. 신비한 꽃 어딨어! 네놈 본체 말이야!"

그렇다면, 내가 집에 꽃을 가지고 있었다는 걸 알고 날 죽이러 온 거였나? 어떡하지, 지금 나는 저놈을 상대할 여력이 없는데,

"꽃 어디 있는지 안 불어?"

그는 내게 다가와 내 목을 조르고 내 몸을 불로 지졌다. 내 비명은 오히려 그를 흥분하게 했다. 아니, 정확히는 그의 인격 중 하나. 내가 모른다고 아득바득 버틸수록 고문의 정도가 더 심해질 뿐이었다. 나는 이를 악물고 버티고 있었다.

"에이, 아끼는 옷인데, 먹도 묻고 피도 묻었네."

그는 아무렇지도 않게 내 손을 내쳤다. 이제 더 이상 버티기 어려울 것 같다는 느낌이 온몸을 타고 올라올 때 갑자기 무언가가 주마등처럼 스쳐 지나갔다. 미래다. 마을이, 불에 타고 있는 미래. 집들이 무너지고. 사람들은 하나도 보이지 않았다. 나는 너무 당황했다. 누가 목을 조르는지, 지금 아픈지는 생각도 나지 않았다. 그러던 중에 나는 갑자기 정신과 육체가 분리되는 듯한 느낌을 받았다. 점점 위로 올라가는 듯한 기분이었다.

'아. 아니야! 안돼! 마을 사람들! 마을이! 마을!'

나는 끝없이 올라갔다. 나는 점점 올라가 구름 위에 닿았다. 매우 신비해 보이는 노인이 앉아있었다. 마치 나를 기다렸다는 듯 그의 옆에는 의자가 하나 더 준비되어 있었다. 그는 내게 이리 오라고 손짓했다. 지금, 이 상황도 아까 본 미래도 머릿속이 정리가 되지 않아 어지러웠다.

'아, 이제 운명에 순응할 때가 온 건가?'

나는 최대한 감정을 숨기며 터벅터벅 걸어갔다. 아니? 그러고자 했다. 하지만 내 발걸음 하나하나에는 좌절, 안도, 고통, 평안. 내가 마음속 깊은 어딘가에 숨겨놨던 감정들이 꽉 차다 못해 발걸음을 따라 흘러나왔다. 질질 흘러 다신 주울 수 없게 되어버렸다. 이게 산을 지키겠다고 떠들던 자의 꼴이라니. 내가 비웃은 건 다름이 아닌 나 자신이었다. 잠깐의 헛웃음 뒤에는 몇 배의 공허함이 나를 뒤덮었다. 나는 의자로 다가가 앉았다. 의자는 분명 바로 앞에 있었지만 어쩐지 아주 멀리 있는 것처럼 느껴졌다. 긴장을 푸니 소나무 내음이 나는 듯했다. 나는 몸의 힘을 풀었다. 그제야 참아왔던 감정들이 터져 나오기 시작했다. 눈물이 흘렀다. 이대로 다 놔버리고 싶었다. 내 앞에 앉아있던 노인은 아무 말도 하지 않았지만, 내 깊은 하소연을 들어주기에는 좋은 상대가 되었다. 내가 이곳에 오기까지의 모든 이야기를 다 했을 무렵에 노인이 입을 열었다.

"힘들었겠구나. 외부로부터 널 지키느라 정작 네 마음 안의 큰 힘을 볼 수 없었던 게야."

"큰 힘. 그건 뭘 의미하는 건가요? 제가 가지고 있는 능력이라곤 끔찍한 미래를 보는 것? 무식하게 힘만 센 것? 그런 것들뿐인데요?"

"네 마음속을 깊이 들여다봐라. 네 마음을 둘러싸고 있는 잡다한 생각을 버려야만 볼 수 있단다. 방화범에게 복수하고 싶은 생각, 친구들에

관한 생각, 마을 생각 같은 것들 말이다."

"방화범에 대한 생각도 버리라고요? 애초에 그를 죽이기 위해 힘을 찾는 거잖아요!"

"왜 그렇게 생각하는 게냐! 누군가를 죽이기 위해 힘을 가질 수 있게 도와주는 것이 아니라 그로 인해 망가진 것들을 되살리라고 돕는 것이다! 생각을 버리면 미처 생각하지 못했던 것들을 채울 공간이 생긴다. 그냥 생각을 버리고 깊이 집중해 보아라."

나는 곧이곧대로 눈을 감고 참아왔던 것들을 내려놓았다. 생각들을 비우고, 내면을 보기 위해 노력했다. 무언가 보이는 듯했다. 마음, 이게 내 내면의 세계일까? 이런 사소한 궁금증들도 모두 떨쳐내고 보니 그 속에 작고 빛나는 꽃이 들어있었다. 아직 아무의 손때도 묻지 않은 본연의 상태라고 느낄 수 있었다. 꽃은 신비롭게 빛났다. 나는 홀린 듯이 손을 뻗었다. 그것에 다다른다. 오직 이 생각만으로 기어코 그것을 잡아냈다. 그 즉시 온몸에서 빛이 났다. 그리고 나는 그것의 본질을 알게 되었다. 신비한 꽃. 나는 감천이 그렇게 찾던 신비한 꽃이 맞았다. 그렇다면 감천이 내 본체인 동백꽃을 얻으면 안 될 아주 큰 이유가 생겼다. 막아야 한다. 노인이 말한 게 이런 것이었을까? 생각을 비우니 오히려 많은 걸 알게 된 것 같았다. 나는 마음속으로 생각했다.

'고마워요, 소천 할아버지.'

나는 다시 인간, 꽃분이의 몸으로 깨어났다. 하지만 이전과는 다르다. 나는 힘이 있다. 그걸 실시간으로 느낄 수 있었다. 웃고 있는 감천의 얼굴이 가소로워 보이기까지 했다. 그 망할 놈은 기절한 나를 계속 때리고 있었다. 이런 면으로 보면 참 근성이 있단 말이지. 나는 헛웃음을 쳤다.

"아. 이제야 깨어나네. 꼬박 이각[B]을 때리고 있었다. 흐흐흐흐 네가 기절해 있는 사이 일어난 일은 꿈에도 모르겠지."

그는 나의 웃음 따위 가볍게 무시하고 자기 할 말을 했다. 일단 힘을 숨기고 그의 말을 듣기로 했다.

"마을까지 불이 번졌다. 아무래도 다 죽었을 테다."

어? 단 두 문장이 날 미치게 했다. 그래, 이 개새끼의 말을 그냥 듣기로 했던 내 잘못이지. 그의 손목을 꺾고 얼굴에 주먹을 날렸다. 그리고 선 산의 마지막 남은 힘을 끌어모았다. 대지가 울리고 하늘이 어두워졌다. 어느 날을 떠올리게 했지만 이젠 입장이 바뀌었다. 나는 하늘로 날아올랐다. 그가 괴성을 지르며 불을 쏴대고 있었지만 내겐 뵈지도 않았다. 나는 그로 인해 가족을 잃은 이 산의 흙들을 모아 그에게 던졌다. 그에게로 흙더미가 몰려오고 있었다. 그가 피할 곳은 없다.

'쿠구구구궁!'

굉음과 함께 엄청난 먼지가 날렸다. 흙더미들은 이미 형체도 보이지 않는 그를 땅끝까지 밀고 들어갔고, 그가 불을 지르기 위해 준비했던 모든 것들이 사라진 뒤에야 끝이 났다. 산 하나를 태워버린 악당의 끝은 너무나도 허무했다. 내 힘은 매우 강력했다. 나는 이제 언제든지 내가 사랑하는 것들을 지킬 수 있다. 땅으로 내려와 돌아가려는데 잊고 있던 무언가가 생각났다.

"소천!"

나는 곧장 나무가 있던 자리로 뛰어갔다. 신기하게도 다 사라진 자리에 소나무 가지 하나가 떨어져 있었다. 나는 그걸 고이 모셔 마을로 내려왔다. 감천의 말과는 다르게 마을 사람들은 안전했다. 비록 집들은 다

[B] 한 시간을 넷으로 나눈 둘째 시각. 30분

타버리긴 했지만 내 능력으로 복구하면 그만이었다. 마을 사람들이 무사할 수 있었던 건 류천의 공이 컸다. 불이 마을로 올 걸 미리 알고 사람들과 대피했던 것이다. 나는 그를 찾아갔다. 그리 멀지 않은 곳에서 그를 찾을 수 있었다. 그는 손에서 무언가를 만지작거리고 있었다. 그의 얼굴은 빨갛게 물들었고 그의 마음도 그럴 것이다. 분명하다. 나도 같기 때문이다. 나는 그에게 아주 가까이 다가갔다. 그의 심장 소리가 요란스럽게 들렸다. 그런데 기분이 그리 나쁘지 않았다. 먼저 류천이 말을 꺼냈다.

"무사히 돌아왔으니 말해줄게. 꽃분아, 나, 너."

말이 끝나기도 전에 나는 그와 입술을 맞췄다. 못다 한 사랑한단 말은 나를 향한 모든 것에서 알 수 있었다. 그래도 그의 고백은 성공적으로 끝났다. 며칠 뒤, 그동안 내게 몸을 빌려준 그녀에게 제사를 지내주고 편하게 보내주었다. 그리고 난 그녀의 육신을 가질 수 있게 되었다. 소천의 가지는 마을 중앙에 심어주었다. 춥지만 행복이 넘쳤던 겨울이 지나고 새순이 돋기 시작했다.

-에필로그 : 10년 뒤 -

많은 계절이 지나고 다시 겨울이 왔다. 산은 다시 새로운 나무가 자라고 새순이 돋았다. 해마다 예쁜 꽃이 피었고, 아이들은 산으로 소풍을 가서 꽃을 한 움큼씩 꺾어오곤 했다. 마을도 활기차졌다. 마을 가운데 소원 나무인 금강송도 심었는데, 그 풍경이 아주 장관이다. 달마다 나무 아래쪽에서 배덕 장터가 열리는데, 그곳 공예품의 7할은 온기를 거쳐간 것들일 만큼 대 상인이 되었다. 그리고 소천 할아버지께서는 우리 마을의 이장을 맡으셔서 중대사를 잘 처리해 주고 있으시다. 아. 그나저나 어떻게 필경사 따위가 칼을 쓰냐고 하던데 다 이유가 있다. 부인을 만나기 1년 전쯤까지 나는 한양서 사는 부잣집 도련님이었다. 그때 칼 다루는 법, 글 쓰는 법도 배웠다. 화목한 가정이었지만, 태종 때의 대대적인 외척 숙청 작업이 있었을 때 멸문당했다. 그 때문에 도망치듯 배덕 마을로 오게 된 것이다. 한동안은 폐인처럼 마음의 문을 닫고 지냈다. 하지만 마을 사람들의 도움으로 내 장점을 살려 글을 쓰게 되었다. 많은 일이 일어난 뒤에 나는 그녀에게 고백했고, 결국 혼인했다. 그리고 10년이 지난 지금은 사랑스러운 딸과 아들이 있다. 아직도 눈이 올 때면 그때의 추억이 스쳐 지나간다. 모두가 마음의 짐을 버리고 진정한 자신을 찾기를 바라는 마음으로 끝내겠다.

조엔유리

김수인

모든 이야기의 시작점

21세기 이후 인류는 지구온난화, 영구동토층[1] 속 강력한 바이러스의 습격을 받고 42억 년 동안 그것들과 싸워왔다. 하지만 엄청난 자연재해 앞에서 인류는 무력해질 수밖에 없었다. 설상가상으로 1억 년 후 더 심한 이상 현상들이 등장하자 남아 있던 약 십만 명의 사람 중 고위 관리나 연구원들은 안전시설, 해수면 상승, 엄청난 더위, 바이러스 등을 막을 수 있는 세계 이상 현상 연구협회(W.S.A)를 설립했고, 각 선진국에 설치했다. 살아남은 민간인들은 시설 개수의 부족으로 일정한 조건(같이 사는 가족 중 W.S.A에 종사하는 연구원이 있을 경우)을 충족해야 시설에 수용될 수 있었고, 그마저도 시설 고장으로 1개의 시설만 남게 되었다. 그 시설은 백두산에 있는 W.S.A 1호기. 여러 나라의 사람들이 있지만 한국어를 제2외국어로 배우기 때문에 의사소통의 문제는 없고, 민간인이 조금 있지만 대부분이 연구원들로 이상 현상의 시발점을 알아내

---

1 월평균 기온이 영하인 달이 육 개월 이상으로 땅속이 1년 내내 언 상태로 있는 지대. (출처: 우리말샘)

기 위해 고군분투하고 있었다. 그때가 43억 1980년이었다. 그러나 강력한 재해 속에서 인류의 과학 기술은 상상할 수 없을 만큼은 발전하지 못해서 21세기의 물건들을 쉽게 볼 수 있었다.

그로부터 25년이 지났다.

나는 조유리. 한국에서 태어난, 그냥 이어폰으로 노래 듣는 것을 좋아하는 인간 여자이다. 할머니, 아빠, 엄마와 함께 W.S.A에서 평범하게 살던 나는 내가 5살이 되던 해, 실험실에서의 폭발로 아빠를 잃고 그 충격으로 인해 할머니를 잃었다. 43억 2004년 겨울, 아빠의 실험실에서 폭발은 원래 온도가 낮은 곳에서 온도가 급격히 올라 화학적 폭발이 일어난 것이 원인이라고 추정될 뿐 정확한 원인을 찾지는 못했다. 그때부터 나는 왜 갑자기 그것도 겨울에 온도가 오른 것인지 내 일생을 바쳐서라도 알아내기로 다짐했다. 사실 태양이 적색거성[2]이 되어가고 있다는 이론으로 이것을 완벽히 설명할 수 있었지만, 사람들은 믿지 않았다. 그러기에는 증거가 부족하다는 것이다. (아마 우주에서 지구의 중력에 맞춰 저마다의 궤도를 도는 인공위성들이 싹 다 고장이 났기에 지구의 대기층 이외에서 생기는 일들을 정확히 알지 못해서 신빙성이 부족했을 것이다.) 엄마와 나도 이곳에서 살았다. 처음에는 우리 모두 민간인 숙소에서 삶을 꾸려 나갔지만, 모든 인류를 위해 만들어진 협회 수용소는 어깨에 '연, 실, 시'라는 연구, 실험, 시민의 앞 글자가 새겨 넣어진 완장을 어깨에 차게 했다. 그래도 우리는 서로 함께 의지하며 이겨나갔다. 하지만, 그들은 연구원, 피실험자, 민간인 순으로 계속 계급을 나누

---

2 중심핵에서 수소의 연소가 끝난 진화 단계에 있는 항성. 본래 크기의 100 배까지 팽창하며, 표면 온도는 낮다. (출처: 표준국어대사전)

었고, 민간인에 대한 차별은 날이 갈수록 심해졌다. 나는 살아남기 위해서 연구원이 되어야 했다. 그 과정에서 내 엄마는 그들의 프로젝트, 일명 '인간 분류'에 의해 살해당했다. 엄마가 생화학 무기에 맞아 온몸이 으스러져 가는 모습을 지켜보았다. 12살이라는 나이에 맞지 않게 난 담담했다. 울지도 않았다.

상황에 맞춰 살아갈 즈음, 돌아가신 엄마의 역할을 넘어 나의 기둥이 되어버린 절친, 헤일리를 만나게 되었다. 그녀는 나의 마음을 열어주었으며 비극을 겪었던 유년 시절을 위로했다. 시간은 하염없이 흘렀다. 여러 부서를 옮겨 다니며 연구한 끝에 43억 2019 오후 2시 34분 44초. 내가 결국 괴상한 자연현상의 비밀을 풀었다.

"야 조유리! 일어나! 지금 위급상황이야. 어머, 너 이젠 의자에서 자니? 우리 모두 5층 회의실로 모이라고 안내문 떴어. 아니, 우리가 연구하는 기계야? 모처럼 편안한 휴일을 방해하는 인간들 같으니라고!"

갑자기 잠겨있는 문을 열고 온 여자가 씩씩대며 나한테 다가오며 투덜거렸다. 두 눈은 아직도 하얀색 연구복을 입은 나를 보고 있었다. 분홍색에 보라색으로 살짝 염색한 머리카락과 큰 눈이 꽤 매력적이었다. 좀 더러운 성질머리만 빼면. 참고로 얘가 내 절친 헤일리이다. 연구 기지에 들어오면서 처음 만난 아이인데, 서로 통하는 게 많아 절친이 되었다.(사실 다른 사람들은 너무 과묵하거나 무뚝뚝하고 이기적이어서 친구로 지낼만할 사람이 그녀밖에 없긴 했다.)

"설마, 나 이미 일어나있었어. 헤일리, 너 같으면 잠이 오겠냐? 이 심각한 상황에. 19년 전 내가 바깥에 설치해 놓은 기상 관측 카메라가 엄청난 열기로 녹았어. 그 카메라는 극한의 열기에도 버틸 수 있게 설계되어 있었는데 말야. 아, 그리고 나와 내 동료들은 지난 47년간 우리를 괴

롭힌 모든 현상의 비밀을 풀었어. 사실 우리 모두 예상했잖아? 더 정확하고 객관적이며 믿음직한 정보를 더 원했을 뿐이지. 다행히 내가 있는 곳이 영상 정보과여서 각각의 인공위성들이 담고 있는 영상 데이터들을 가지고 있어. 태양이 그들 거의 앞에 있다는 건 그 영상 데이터의 년도별 변화를 보면 알 수 있고. 서문으로 내용 보냈어. 우리는 멸종할지도 몰라. 지금 살아남은 인류의 수는 겨우 '2,079명'이야. 심지어 그 숫자도 점점 줄어들고 있어."

그간 있었던 부정적인 일들이 속사포로 터졌다. 약 9평 정도 되는 독방에서 한순간에 벌어진 일이었다. 메아리치듯 아득하게 들리는 내 목소리에 내가 무슨 말을 내뱉고 있는지 깨달았지만 이미 돌이킬 수 없다. 심각할 정도로 절망적이었다.

"유리야, 설마."

나의 사뭇 진지한 목소리에 헤일리의 밝고 활기찬 목소리에 씁쓸함과 혼란스러움이 묻어있었다. 미래에 대한 희망이 누구보다 가득한 친구에게 초를 친 것 같아 미안했다. 세계 '이상' 현상 연구협회(W.S.A)에서 이런 얘기를 하자니 나도 마음이 여간 좋지만은 않았다. 결정적으로 헤일리의 슬픈 표정도 딱히 보고 싶지 않았기에 얼굴을 풀고 재빨리 화제를 바꿨다.

"회의 있다고 했잖아! 좋은 소식을 알려주는 회의 아닐까? 예를 들어 내가 그 진실을 찾아냈다고 승진시켜주는 건가? 빨리 가보자. 이러다 늦겠어!"

갑자기 비정상적으로 활기가 생긴 나를 보며 헤일리는 조금이긴 하지만 미소를 띄었다. 그리고 살짝 떨면서 말했다.

"그래, 그렇겠지?"

우리는 3층 독방에서 나와 중앙홀에 아쿠아마린 보석이 박혀있는 순

간이동 버튼을 눌렀다. 세상이 거꾸로 뒤집히는 듯한 느낌에 '합'하고
입을 막았다.

정삼각형 3개가 크기순으로 겹쳐있고 제일 작은 삼각형의 외각선을
따라 나 있는 문이 보이기 시작했다. 경비원 2명이 서 있었는데 하나같
이 뚱해 보였다.

"안녕하세요."

내가 말했다. 경비원이 가볍게 목례했다. 회의실로 들어가자 검은색
돔 모양 안에 있는 큰 단상이 눈길을 끌었다. 하얀 커튼과 검은색 커튼
이 그 단상을 꾸미고 있었는데 너무 시대에 뒤처지고 균형이 맞지 않
아 보기에 불편했다. (역사책에서 본 43억 년 전에 학교 강당인 줄 알았
다!) 원래 회의 때는 하얀색 대리석으로 된 원탁이 배치되었으나 오늘은
단상을 바라보는 흑요석 의자가 있었다.

"여기 디자이너 누구냐? 의자를 흑요석으로 하는 이유가 뭐지? 깨질
수도 있잖아!"

내가 어이가 없어 헤일리에게 속삭이자 그녀가 말했다.

"아, 조용히 해. 이쁘잖아. 그리고 지금 사람이 엄청 많거든? 말 가려
서 해!"

그러고 보니 꽤 많은 사람이 부산스럽게 이동하고 있었다. 연구협회
장이 모든 연구원과 피실험자에게 긴급문자를 보낸 것 같았다. 내가 홀
린 듯이 말했다.

"네 말이 맞는 것 같다, 일단 앉을 자리나 찾자."

그녀와 나는 좌석을 찾아 헤매다 중간쯤에서 남아 있는 3개의 의자
중 2개의 의자에 앉았다. 그때였다.

"모두 정숙 하십시오. 협회장님의 말씀이 있겠습니다."

날카로운 턱과 눈으로 인상이 더럽게 생긴 남자가 낮은 목소리로 크게 말했다. 그 말에 응답이라도 하듯 허리가 살짝 굽었지만 기품있고 푸른색 정장에 빨간색 넥타이를 한 노인이 걸어왔다.

회의 10분 후

"아마 인류의 마지막 달이 될지도 모릅니다."

너무나도 엄숙한 분위기에 어떤 사람도 움직이지 못했다. 모든 사람은 무표정이었다. 인류의 마지막 건물에서, 그는 말을 고르며 머뭇거리더니 다시 연설했다.

"끔찍한 지구온난화, 영구동토층에서 나온 치사율 66.78%의 바이러스 등 많은 재해와 재난 속에서 우리는 살아남았습니다. 우리의 지적 능력, 지식도 많이 늘었습니다. 하지만, 슬프게도 그 후로부터 3억 년 후 많은 '전쟁'을 펼친 우리에게 주계열성에서 적색거성이 된 태양은 새로운 위협을 안겨주었고, 143만 년 후 지구를 덮칠 것으로 예상합니다. 전부터 이 일을 예상했었던 우리 연구팀은 인류를 개조하는 실험, p. 4000234를 진행하기도 하였지만 그마저도 잦은 반대와 피실험자들의 정신적 문제로 크게 실패했습니다. 그 혼란과 어두움 속에서도 우리는 줄기세포를 이용하여 인간이나 다른 생명체를 창조하는 방법을 알아내었고 135일 안에 새 프로젝트를 진행할 생각입니다. 모든 인간은 죽을지…."

누군가 비꼬는 목소리로 연구 단체장의 말을 끊었다. 팔에 있는 완장이 눈에 보였다. 그는 피실험자였다.

"뭐라고요? 살아남은 마지막 인류도 결국 죽을 것이라는 겁니까? 그리고 새로운 문명을 우리가 창조하겠다는 거예요? 아니 그럼 살아남은 이유가 뭡니까? 이 빌어먹을 지구에서 당신은 새로운 빛을 창조해낼 수 있다고 했잖습니까? 그 빛이 우리 인류가 아닌 다른 문명이었단 말입니까?"

남자가 으르렁거리며 말했다. 자신의 목숨을 걸고 참여한 생체실험들이 다 쓸모없었다는 사실이 괴로운 듯했다.

그는 남자의 대답에 대답하지 않고 손을 들며 시간을 끌었다.

"아니 묻잖아요! 우리는 어떻게 되냐고요!"

잠시 후, 그가 이성을 잃고 눈이 돌더니 소리를 지르며 울었다. 그리고 정삼각형 문을 지나가기 위해 뛰었다. 하지만 그는 문을 열지 못했다. 잠겨있었기 때문이다. 협회장이 음산하게 말했다. 그의 눈이 차갑게 빛났다. 그가 화를 누르며 한숨을 쉬더니 말했다.

"아니요, 일단 진정하시지요. 여러 방법으로 선택된 사람들은 1,000명의 신인류의 뇌에 자신의 영혼이 '접속'될 겁니다. 기술의 한계와 양자컴퓨터의 예측으로 그 이상의 신인류는 만들어지지 못할 것으로 예측되었습니다. 그 신인류들은 저희 인류를 도와 이 세상을 정화하고 다시 살 수 있는 환경으로 만드는데 중심 역할을 할 것입니다. 인류를 버리는 게 아니라 돕는 겁니다. 여러분의 목숨이 달린 문제라는 거 아시겠죠? 지금부터 각자의 위치로 가서 연구에 임해 주시기를 바랍니다."

그 누구도 말하지 않았다. 남자의 선 넘은 발작 반응 때문에 근육이 경직된 것 같았다. 한편으로는 인류가 다시 새로운 시작을 할 수 있다는 사실에 안도감을 느끼기도 했다. 근데 어떻게 이 세계를 태양의 열기로부터 지킬 수 있는지 잘 설명하지 않는 게 여간 찜찜했다. 협회장이라는 사람이 노망이 난 게 아니라면 적당한 설명 정도는 해야 할 것 같은데 그는 필요 이상으로 말을 아끼는 것 같았다. 갑자기 안경을 쓰고 입술이 퍼렇게 질린 누군가가 손을 들더니 질문했다.

"그렇다면 천 명의 신인류의 영혼이 될 사람은 어떻게 선발되는 겁니까?"

협회장이 그녀를 보더니 말했다.

"간단한 테스트로."

여태껏 받았던 것 중에서 가장 성의 없는 대답이 따라왔다. 정말로 찝찝했다. 원래부터 이상한 협회였지만 이제는 정신적으로까지 문제가 있는지도 모른다고 느끼게 되었다.

회의가 끝나자마자 동시에 많은 사람이 일어나며 마치 유리 깨지는 듯한 소리가 들렸다. 헤일리한테 할 말이 너무나도 많았다. 협회장의 말에는 많은 함정이 숨어있는 것 같았다. 녹음할걸. 아쉬움이 밀려왔다.

그녀와 나는 2층 휴게실로 올라갔다. 휴게실에는 아무도 없었다. 다행이었다. 내가 먼저 이야기를 시작했다.

"그 연설 말이야. 너무 이상해. 심지어 거짓말도 했다고!"

"뭐가? 인류는 다 잘 살고, 신인류로 탈바꿈한 인간이 아닌가? 암튼 걔네 들이 우리 돕는다고 하잖아? 잘 된 거 아니야? 그리고 협회장이라는 인간이 누구 좋다고 거짓말하냐? 우리를 거의 25년 가까이 이끈 놈인데."

"아, 들어봐. 분명히 여러 방법으로 신인류가 될 사람이 선택된다고 했는데 질문에서는 간단한 테스트라고만 했단 말이야. 회의실 문 앞 경비원이 다른 사람으로 바뀌었어. 원래 내가 인사하면 손 흔들어 줬단 말이야. 맨날 그랬어. 그리고 키도 나보다 한 5cm? 그 정도 커서 눈높이가 맞았는데 너무 커졌어. 이상해! 마지막으로 설명을 잘 안 했고 계속 왼쪽 아래에 시선이 머물러있었어. 옛 기억을 끄집어내기라도 하듯. 앞을 잘 보지 않았다고. 설명도 대충 얼버무리고. 마음에 안 들어. 이상해."

"풋!"

"뭐, 뭐야? 지금 비웃는 거야?"

그녀가 손사래를 치며 말했다.

"아니, 그렇게 비웃은 게 아니라 그냥 네가 너무 과하게 상황을 받아들이고 있는 것 같아서 막 무슨 일이 일어나서 세상의 종말이 다가올 것처럼 말해서, 조금 이상하다고, 계속 반복하는 것도 그렇고. 너 원래 회의 끝나고 나면 독서하거나 침대에 퍼져서 검색이나 하지 않아?"

생각해 보니 그녀의 말에도 틀린 게 없었다. 내가 너무 과장하는 것 같기도 했다. 요즘 너무 피곤해서 그런 것 같았다. 상황을 너무 엄중히 받아들인 게 틀림없었다. 협회장의 기억이 가물가물해 자신이 할 말을 기억하지 못했고, 전에 보초를 섰던 경비원이 아파서 못 나온 것일 수 있었다. 아까 카메라가 녹았다는 충격으로 신경이 예민해진 것이다. 나는 그렇게 생각하기로 했다.

"내가 요즘 신경이 너무 예민해졌나 봐. 좀 쉬어야겠다."

134일 후...

여러 기구로 가득한 연구실에 내가 있었다. 어깨부터 허리, 손목, 어깨 등 온몸 구석구석 쑤시지 않는 데가 없었다. 신인류의 몸을 만드는데 이렇게 힘들 줄 몰랐다. 하루에 잠을 겨우 30분 정도 자고 작업한 나머지, 내가 이 일을 잘 해냈는지 알 수 없었다. 정말 죽을 것 같았다. 머릿속은 회의 때 했던 협회장의 막말로 아직도 어지러웠고, 계속해서 잠도 잘 못 자고 컴퓨터를 확인하고 있었기에 안구건조증이 생긴 것처럼 눈이 뻐근했다. 어깨의 위쪽도 욱신거려서 미칠 것 같았다. 인류의 종말보다 사람 하나 인생이 더 빨리 망할 것이라고 확신했다.

"오늘이 테스트 날인 거 알지?"

헤일리가 공허한 눈으로 커피를 마시며 말했다.

"어."

내가 짤막하게 답했다. 테스트고 뭐고 빨리 끝내고 쉬고 싶었다.

"4층 연구실에서 치는 거지?"

"응. 미리 행운을 빌어."

"같이 가자."

"당연하지!"

7층 연구실에 나와 중앙홀의 루비가 박힌 순간이동 장치 버튼을 눌렀다. 졸도할 듯했지만 그 모습을 본 헤일리가 나의 손을 잡아주었기에 간신히 정신을 차렸다.

"괜찮아? 너 안색이 진짜 안 좋아 보여."

"으응, 조금만 더 참으면 되겠지. 근데 너는?"

"난 잘 모르겠어."

중앙홀에서 회색 길을 따라 쭉 가다 왼쪽으로 고개를 돌리니 검은색 옷차림에 마른 체격의 남자가 나를 째려봤다. 순간 온몸에 소름이 돋았다. 저 사람은 분명히 전에 회의실 문 앞을 지키고 있던 경비원이었다. 현기증이 나서 바닥에 주저앉았다.

"야! 너 괜찮은 거 맞아? 정신 차려!"

"어 괜찮아. 화, 화장실에 가고 싶어서 그래."

되지도 않는 거짓말을 했다. 경비원들이 이 대화를 들을 수 있기에 내가 어디로 왜 가는지 합당한 이유를 대고 가는 게 수상해 보이지 않을 듯했다. 이런 내 생각을 아는지 모르는지 헤일리가 나에게 말했다.

"같이 가자, 7분 정도 남았으니까 충분히 시간 내에 도착할 수 있어."

중앙홀 가운데의 화장실로 나는 뛰어갔고, 그녀가 내 뒤를 따라왔다. 황금색 문의 여자 화장실에는 아무도 없었다. 나는 헐떡거리며 숨을 고르고 있었다. 전신에 힘이 풀린 듯이 무너져 내렸다. 일어나기가 힘들었다.

"왜 이렇게 빠르게 가, 어머! 일어날 수는 있겠어? 시험 감독관한테 내가 부탁해서 너는 내일 보게 해 달라고 할까?"

"아니, 아니야. 검은색 차림의 남자가 눈에 익어서 그래. 소름이 끼쳤어."

횡설수설한 내가 말했다.

"스트레스를 너무 많이 받았나. 얘가 왜 이러지?"

그 순간, 내 호흡이 안정적으로 변했다. 현기증도 사라져서 내가 엎어져 있는 곳 옆에 있는 세면대의 모양이 뚜렷하게 보였다.

"잠깐, 괜찮아졌어. 나 뭐 잘못 먹었나? 정상이 아닌데? 아까는 진짜 죽을 것 같았는데, 지금 갑자기 살 것 같아."

"아, 진짜? 다행이네. 안정을 취해서 그런가 봐! 너 근데 괜찮은 거 맞지?"

이 말과 함께 나를 으스러지게 껴안는 헤일리였다.

"으응. 괘아은데 수마혀(괜찮은데 숨막혀)."

내가 그녀를 밀어내며 말했다.

"테스트를 시작하겠습니다."

기계음 뒤로 심히 짜증난 여성 목소리가 들려왔다.

"연구원 여러분에게 기초적인 상식 문제입니다. 60분 드리겠습니다."

> 문제 1. 우주가 가속 팽창한다는 이론에 대해 반박하시오. (서술형)

문제 2. 미분[3]과 적분[4]이 서로 역연산 관계라는 것을 증명하시오. (서술형)

어라, 막 어렵지 않잖아. 첫 번째는 시간이 지날수록 행성의 위치가 멀어진다는 것을 증명하는 사실이 몇억 년 전의 모습이 보이는 것일 수도 있어서 잘못된 정보 해석의 결과일 가능성이 있기 때문이고, 두 번째는...

"실례합니다."

굵고 낮은 남성 목소리에 고개를 돌렸고 순간 몸이 굳어버렸다. 숨을 쉬기가 힘들었다.

그 검은색 정장 차림에 체격이 작은 남성이었기 때문이다. 그가 주사기를 들고 다가왔다.

"내성이 생겼기를 빕니다."

그가 나지막이 말했다. 어디서 많이 본 듯한 장면이라고 나는 생각했다.

"시험이 종료되었습니다. 모두 일어나주십시오. 시험 결과는 1분 후 각 연구실로 보내질 예정입니다."

여자가 말했다. 이번에는 지루한 목소리였다. 아까 분명 그 남자가 주사기를 들고 왔고 의식을 잃었다. '대체 이게 무슨 상황인걸까?'

이런 생각이 들자마자 헤일리와 빨리 만나서 이 사건에 관해 이야기해야 한다고 느꼈다. 우연이 아니라 범죄 행위가 벌어지고 있었다. 위험

---

3 어떤 함수의 미분 계수를 구하는 일. (출처: 표준국어대사전)
4 일정한 구간에서 정의된 함수의 그래프와 그 구간으로 둘러싸인 도형의 넓이. 또는 그 넓이를 구함. (출처: 표준국어대사전)

했다. 그녀를 찾을 목적으로 주위를 둘러보니 가관이었다. 사람들의 걸음걸이가 군인의 걸음걸음인 마냥 너무 완벽하게 각도를 맞춰서, 질서를 유지하며 밖으로 나가고 있었다. 설마 모든 사람이 이렇게 된 걸까? 내가 이상한 걸까?

"0713, 지금 뭐 하는 거지? 다른 놈들이 걸어가는 게 안 보이나?"

왠지 낯익은 높은 여자 목소리가 들려왔다. 0713? 나를 특정한 말인가? 하긴 앉아있는 사람은 '나' 밖에 없으니까.

"퍽"

어깨가 박살이 날 것 같았다. 발로 맞은 어깨 부근이 굉장히 뻐근했다. 영화에서나 보던 상황이 실제가 된 것이다. 이대로 계속 앉아있다가는 새로운 시작이고 뭐고 죽을 것 같아 바로 일어섰다. 그리고 군대식 걸음으로 걸어서 나가기 시작했다. 나를 때린 것 같은 여자가 나를 밀치고 째려봤다. 순간 몸이 굳었다. 그녀는 내가 잘 알고, 친하며 서로 고난을 겪은 절친 사이인 헤일리였기 때문이다.

내 동공이 흔들리는 것을 본 그녀가 말했다.

"웬 미친놈이 이제야 자기 상관을 알아보는군. 그러니까 빨리빨리 좀 움직이지. 멍청하기는, 일단 알면 됐다. 네 독방으로 올라가도록. 크큭"

기분 나쁜 웃음소리에 소름이 끼쳤다. 뇌에서 아무 생각이 나지 않았고 멍했다. 눈에 초점이 없어져서 세상이 흐리게 보였다. 생존 본능만 남은 몸이 나를 뚜벅뚜벅 끌고 가서 3층 독방에 눕혀놓기까지 기억이 없었다. 어렸을 때부터 살았던 집, 새내기 연구원 시절부터 나와 함께 있던 친구, 잘 알고 있고 제일 친하다고 자신했던 모든 것이 내 목숨을 위협하는 방식으로 나를 배신했다. 같이 맛있는 거 먹자고, 희망을 잃지 말자고 크게 웃으며 말해주었던 그녀는 이런 사람이 아니었다.

'말도 안 돼.'

이 문장을 한 억 번을 되뇐 것 같다. 슬퍼도 눈물이 나오지 않았다. 아무런 감각이 느껴지지 않았고, 머리는 물속에 잠긴 것처럼 웅웅거렸다. 어깨는 아프지 않았다. 그저 버림받고 무너져 내린 나, 나를 이 상태로 몰아넣은 것이 내 친구라는 사실이 아무 감각, 감정을 느끼지 못하게 벽을 만들어 버렸다. 그녀는 나한테 미친놈이라고 멍청하다고 했다. 걔한테 들은 꽤 심한 말로는 '으유, 바보!'가 다인데, 항상 나를 챙겨주던 아이였는데.

무의식적인 발걸음으로 독방에 도착했다. 잠이 안 왔다. 머릿속이 뒤죽박죽 했다. 시계를 보니 새벽 2시 40분이었다. 이어폰을 꺼냈고 핸드폰도 꺼냈다. 노래라도 들으며 어제 있었던 일을 잊어야지 심적으로 살 것 같았다.

"Alone again, naturally"

다시 혼자가 되었다는, 이 순간을 함축하는 가사에 눈물이 나왔다. 혼자가 된 나, 새벽에 우는 나, 어깨가 다쳐 붕대를 감고 있는 초라한 모양새까지 정말 죽고 싶었다. 인생이 너무 썼다. 친구의 빈자리가 많이 느껴졌다.

'나는 그렇게 혼자가 되었다.'

우울한 생각이 모든 것 지배하도록 내버려 두었다. 그러다 잠이 들었다.

"야! 일어나! 우리 노래 같이 들을래?"

'헤일리?'

"너 왜 울고 난리야? 맛있는 거 사 왔어!"

"어쩌다가.."

말을 잇기가 너무 힘들었다. 물에 젖은 종이에서 잉크가 퍼졌다. 공간이 바뀌었다. 높은 여자 목소리의 웃음소리가 들렸다.

"멍청한 것! 완전 미친놈이야! 넌 사형이다!"

"너 왜 이래!! 이런 사람 너 아니잖아! 원래의 너로 돌아오라고!"

내가 울부짖었다. 순간 그녀의 눈에서도 물방울이 떨어졌다. 그리고 다시 웃었다.

눈을 떴다. 헤일리가 울다가 웃었다. 근데, 그게 다 꿈이라니. 뭔가 화해할 수 있을 분위기였는데. 갑자기 고단함이 밀려왔다.

"쾅쾅쾅쾅쿵쿵쿵쾅!"

시끄러운 소리에 살짝 문을 열었다. 밖을 보니 많은 사람이 뛰어다니고 있었다. 어디에 홀린 사람이 확실했다. 문을 열고 밖으로 나갔다. 그리고 그들과 함께 뛰었다. 또 혼자서 독단적인 행동을 하면 어깨가 잘릴지 모른다는 두려움 때문이었다. 아무 생각도 하고 싶지 않아서이기도 했다.

"하악 하악 하악"

1시간 정도 뛰었을 때, 체력이 부족해서 온몸 구석구석이 비명을 지르고 있었다. 땀이 너무 많이 흘러서 옷이 모두 젖은 것은 물론이고, 더러운 냄새도 났다.

"그만."

헤일리의 목소리에 모든 사람이 멈췄고, 나 또한 멈췄다.

"마지막 시간이다. 자기 위치로 가서 '영혼 접속'을 시작해라. 뭐 다들 알겠지만 합격 통지서를 받은 사람은 나를 따라오도록."

여기의 대장은 이 친구인 것 같았다. 합격 통지서? 내 집에 그런 게 있었나? 이제 아무것도 내가 알고 싶은 바가 아니었다. 또 가만히 있다가는 곤욕을 치를 것이다. '영혼 접속'을 돕는 노동자가 되거나 합격 통지서를 받은 사람 중 한 무리를 선택해야 했다. 아무런 망설임 없이 나는 한 무리를 골랐다. 나를 알아보지 못하는 친구를 따라 이미 움직이고 있었다. 지난 세월 동안 3층의 내 방, 5층의 회의실, 2층의 휴게실, 4층의 헤일리의 방만 가본 나에게 이 기지는 아직도 어렸을 때 보았던 미로 같았다. 10분 정도가 지나고, 무리에 있던 모든 사람들의 움직임이 멈추기에 나도 정자세로 멈춰 섰다.

"확인하겠다. 이름을 부르면 앞으로 나오도록."

헤일리가 무미건조하게 말했다. 눈빛은 한없이 차가웠다.

"로라 유, 에리카 아이리스, 오설민, 오연우, … 조성민, 조유리,…히가시노 카즈"

사람들이 차례대로 나왔다. 방금 전까지 정신 상태가 영 정상이지 않아서 주위를 잘 둘러보지 못했는데 이름이 호명되고 걸어 나오면서 내가 어떤 공간에 있는지 대강 감이 왔다. 서 있는 곳부터 천장까지 적어도 5m는 되는 것 같았고, 합격자들이 서 있는 곳은 회의실 바닥처럼 평범했다. 반대로 이름이 호명된 사람이 서 있는 곳은 바닥으로부터 1m 떨어진(올라갈 때 뛰어올라가야 해서 힘들었다.) 완벽한 원 모양이었고, 크기도 컸다. 심지어 하얀색 대리석으로 되었기에 반짝거리기도 했다. 고개를 위로 다시 올려 보니 이 방은 반구 형태여서 거의 반자동적으로 135일 전 회의실이 생각났다. 어떤 일본 이름이 호명된 후 아무 이름도 불리지 않았다. 남아 있는 사람은 200명 정도였다.

"어제 봤던 명청이 이외에도 자기 위치 모르는 쓸모없는 놈들이 많군. 우주 공간으로 보내주지."

그러더니 그녀는 두 손가락을 튕겼다. 눈 깜짝할 사이에 사람들이 사라져 버렸다. 살려달라는 소리 한 번 못 하고 대기도 없는 우주로 사라진 그들이 불쌍했다.

"저는 이만 나가보겠습니다. 유리인서스 님."

"수고했네. 약물 과다 중독으로 쓸모없어진 것들이 있을 테니 다 처리하도록."

'?!'

"네. 알겠습니다."

협회장과 헤일리의 충격적인 대화에 이명이 들렸다. 내가 뭘 들은 거지? 쓸모없어진 것들? 처리한다고? 협회장이 진짜 노망이라도 난 걸까 이해할 수 없었다. 전에 회의가 있고 난 후 그녀에게 협회장이 이상하다고 말했던 것이 생각났다. 협회장이 왜 거짓말을 하냐고, 신경이 예민해졌다고 생각하고 의심을 접었던 내가 한심해지는 순간이었다. 슬픈 예감은 참 틀린 적이 없다는 말이 가슴에 와닿았다. 어느새 생긴 단상 위로 협회장이 올라갔다.

"안녕하십니까? 여러분. 조성민 협회장입니다. 판메틴 약물로 잘 느끼시겠지만 이제 제가 여기 있는 모든 인간의 군주입니다. 제가 한 말 있죠? 인류를 돕는다는 신인류, 다 거짓말입니다. 법 따윈 이제 없습니다. 제가 다스릴 이 세상은 저를 중심으로 돌아갑니다. '영혼 접속'을 하신다면 달라지는 게 생길 겁니다. 일단은 이성적으로 변하실 거고, 마지막으로 새로운 '능력'을 가지게 될 겁니다. 뭐, 이상입니다."

사람들이 기계적으로 크게 박수쳤다. 기분 나쁜 여운을 남긴 채 연설이 끝났다. 어렸을 때 보았던 서커스 공연에서 불을 뿜는 묘기가 있었는데, 지금 당장 가능할 듯했다. 저 회장을 없애고 싶었다. 내 친구를 망가뜨리고 다른 이들도 다 자신을 복종하게 만든 인간을 내 손으로 처단하고 싶었다.

"저기 괜찮으세요?"

이제는 환청까지 들린다. 미쳐가는 첫 번째 단계인가. 아니 안 괜찮아. 그녀는 나를 잘 챙겨줬다. 전에 이 협회에서 연구하면서 사람들이 나를 은근히 따돌린 적이 있는데 그때도 나를 생각한 사람은 그녀밖에 없었다. 지금 내 옆에 있다면 과연 뭐라고 말해줬을지 잘 상상이 가지 않는다. 너무 당연하게 느낀 것이다. 나한테 주던 그 마음을.

"여기요. 제 말 안 들리세요?"

뚱하게 생긴 남자가 화가 나서 얼굴이 토마토가 된 나를 보고 있다.

"잠깐, 그 경호원?"

"저는 '오설민'이라고 합니다. 좀 정상적인 사람을 찾아다니고 있었는데. 여기 있네요."

내게 주사를 놓은 그 경호원과 체격과 눈빛이 비슷하다고 느꼈는데 그 말 취소다. 그냥 이상한 사람인 것 같다. 정상이라고? 이게 미쳐가는 게 안 보이나.

"정상이라고요? 하하하 어이가 없네. 그쪽이 안 잡혀간 게 더 신기하네요. 아님, 듣기 실력이 너무 낮아서 아까 협회장이 한 말을 이해하지 못한 게 신기하거나."

"아 정상이 아닌 사람한테는 말 안 걸었어요. 좀 눈빛이 뚜렷하고, 감정이 있어 보이는 사람을 '찾고'다녔다고 아까 말했는데, 못 들으셨나봐요. 그리고 지금 이렇게 화가 나서 있으면 위험하지 않겠어요? 협회장 아래 사람들이 감시하고 있을지도 모르는데."

이런 사람들은 단순 오지랖과 '현실 분간'을 못하는 성향이 결합 되어 만들어진 말 섞으면 위험한 인물이다. 이 심각한 상황에 말을 섞을 생각을 하다니. 말이 나오지 않을 정도로 어이가 없다. 약물에 중독되지 않았을지라도 비정상인이다. 이렇게 떠들고 있다가는 협회장 눈에 띄어서 죽을 수도 있을 것 같았다. 나는 재빨리 자리를 피했다. 생존 본능이 얼마나 중요한지 깨닫는 순간이다. 이제 화가 나지는 않았다. 어이없음이 더 충격을 심하게 줬다. 135일 전부터 지금까지 일어났던 일을 정리해 보면 협회장은 우리를 이용해 자신의 세상을 창조할 계획을 세우고 있었고, 내 절친은 그 계획에서 사용된 판메틴 약물에 중독되어서 그 노인을 순종하게 되었다. 그럼, 약물이 어떻게 투여된 거고, 나는 중독이 왜 되지 않은 거지? 아, 검은색 정장에 거구인 남성 중 하나가 투여했을 것이다. 근데 이렇게 많은 사람을 다 어떻게 할 수 있는지 답하기에는 정보가 부족했다. 내가 중독되지 않은 이유도 '운이 좋다'는 것 빼고는 설명하기가 모호했다. 심지어 나 이외에도 한 명이긴 하지만, 중독되지 않은 인간이 있었다. 그 인간의 중독 여부도 확실치 않았기에 나 혼자밖에 없다고도 볼 수 있다. 일단, 현재 상황을 보면 나 이외의 모든 사람이 중독되었다는 것이 분명하므로 아무나 믿으면 안 된다. 협회장 아니, 놈의 말을 들어보면 그 사람이 제정신은 아니니까. 또 어제 한 단독행동의 결과를 보면 내가 지금 화가 나서 날뛰는 순간 죽거나 좋은 일이 일어나기는 쉽지 않다. 내가 의지하던 친구, 헤일리를 잃은 슬픔을 달래기 위해서, 이 세계를 다시 정상적으로 돌려놓기 위해서는 행동을 하기는 해야 했다. 지금 행동한다면 과연 어떻게 될까. 수적으로도 엄청나게 밀리고 지형적으로 내가 어디에 있는지 정확히 모르기에 밀린다. 아 잠깐만, 그냥 지금 저 협회장을 죽이면? 복종할 왕이 사라지기에 혼란에 빠지겠지만 2,079명의 사람 모두가 살아남을 수 있지 않을까? 생각을 끝낸 나는 그놈을 죽이기로 마음먹었다. 그리고 단상을 향해 뛰어 올라갔다.

"이야야야야야야! 이 나쁜 자식아!"

협회장이 고개를 갸우뚱했다. 나는 그를 비웃으며 말했다.

"하! 너만 죽이면 다 끝나!"

그의 목은 매우 가녀렸다. 간단하게 부러뜨릴 수 있을 것 같았다.

"퍽!"

배를 맞았다. 장기가 다 튀어나오는 것만 같았다. 정신이 혼미했다.

"아니, 이 친구는 전에 나한테 그 영상 자료 보내준 연구원 아닌가?"

쉰 노인 목소리가 아니라 건장한 남성의 목소리가 들렸다. 심장이 미친 듯이 벌렁거렸다. 머리가 새하얘졌다. 쿵쿵거리는 심장 소리가 내 귀까지 들렸다.

"항체가 생겼나? 재밌네. 넌 연구용."

의식이 희미해진 게 아주 확 깼다.

"넌 사이코패스냐? 내가 무슨 물건이야?"

순간, 그의 눈이 나와 마주쳤다. 아무런 감정이 있지 않은 차가운 검은색 눈에 한기가 올라왔다. 내가 얼굴 쪽으로 오른 주먹을 날렸다.

"아니 얘는 계급 차이를 모르네. 나랑 너랑 싸울 수 있을 것 같아?"

기껏 날린 주먹이 잡혔다. 순간 균형을 잃었다.

으그적

손가락뼈 하나하나가 으스러지는 고통에 비명을 질렀다. 무너질 수 없었기에 발길질을 했다.

"크윽"

오른손에 가해진 힘이 줄어들었다. 발길질에 배를 맞은 그가 무의식적으로 그 부위를 손으로 가렸다. 이때다. 나는 그 손을 발로 찼다.

"크하학학학학"

갑자기 실성하며 그가 웃었다. 온몸의 털이 곤두세워졌다. 심장이 계속 쿵쾅거리는 게 귀에 들렸다. 물건, 즉 무기가 필요했다. 그와 나의 실력 차이를 좁힐 수 있는 것. 내가 지금 입고 있는 연구복 호주머니 깃에 샤프를 끼워놓았다는 사실을 깨달았다. 있는 힘껏 찌르기 위해 멀쩡한 왼손으로 샤프를 들어 올렸다.

"이제 치사하게 흉기를 사용하겠다? 비겁하게. 근데 나도 있다. 너보다 더 날카로운 거."

그러더니 그는 주사기를 꺼냈다. 내 팔목을 잡았다. 그 힘에서 빠져나오기 위해 발버둥 쳤다.

"난 너한테 복수하 그....."

"'영혼 접속' 끝나셨습니다."

기계음으로 안내방송이 들려왔다. 살짝 어지러웠다.

"아~"

곡소리가 나왔다. 눈꺼풀을 올리면서 눈을 떴다. 기지개를 켜기 위해 손을 올리려고 했다. 올라가지 않았다. 쇠사슬이 손을 묶고 있었다.

"뭐야"

온몸이 고통스러울 것을 생각했지만 그러지 않았다. 어제 있었던 일이 기억나기 시작했다. 하긴 잊을 수가 없었다. 협회장은 비정상이었다. 기절한 건가. 분노가 타올랐다. 복수할 것이다. 나는 침대 매트리스에서 몸을 일으켰다. 그리고 발을 내딛으려고 했다.

'콰당'

내 몸이 내 몸 같지 않았다.

"일어나시면 안 됩니다. 그리고 몸이 하얀 머리 소녀로 바뀌셨으니 조심하셔야죠. 조유리, 아니 조엔 유리 님."

"또 뭐야?"

"잠깐 실례."

검은색 머리에 하얀 피부를 가진 아이가 내 머리 위에 손을 얹었다. 장면이 보이기 시작했다. 그는 자고 있던 나에게 주사를 놓았다. 주사기에는 내성이라고 작게 적혀있었다. 장면이 바뀌었다. 이번에는 신인류 시험을 치고 있던 나에게 다가와 또다시 주사기를 꽂아 넣었다. 시간이 지났다. 나에게 자신의 이름은 오설민이고 정상인이라는 말을 하는 그를 볼 수 있었다. 내가 협회장에게 맞고 기절해서 영혼 접속에 들어갔을 때, 협회장이 나를 감시하라고 그에게 이야기하는 모습이 보였다. 모든 장면이 뿌옇게 변했다. 원래 내가 있던 자리인 병실로 돌아왔고, 그는 내 머리에서 손을 떼었다.

"이제 알겠지? 지금은 어린아이로 보이겠지만 나는 오설민이자 W.S.A의 경호원이야. 항상 너를 돕고 있었어. 내성이 생긴 신인류는 지금까지 확인한 걸로 2명이야. 또한 난 협회장을 믿지 않아. 너를 딱히 감시하고 싶지도 않고. 대신, 기억을 잃고 망가진 사람들의 일상을 찾게 도와주자."

그가 다정하게 말했다. 모든 일들이 머리 안에서 정리되지 않았다. 그래도 믿을 만한 동료가 아니더라도 나를 도와주고 의지할 수 있는 사람이 있었다는 건 알 수 있었다. 인생에서 가장 크나큰 비극이라 장담이 가능한 일을 겪은 내게 그의 다정한 말 한마디 한마디는 하나의 안식처였다. 내가 굳은 목소리로 말했다.

"일단 여기서 나가자."

그가 손가락으로 원을 그렸다. 그리고 말했다.

"뛰어내려."

감정의 색

황민서

'퍽, 퍼억. 쨍그랑. 퍽.'

"백유현. 아직도 정신 못 차렸어? 이리 와, 맞아야 정신을 차리지? 손을 안 들래야 안 들 수가 없다."

아, 또 그 꿈이다. 이 사람이랑 있던 연, 없던 연 다 끊어냈는데 이젠 제발 좀 내 꿈에서 그만 나왔으면 좋겠다.

'여긴 어디지?'

분명 집 안이었는데 장소가 학교로 바뀌었다.

"야, 백유현. 우리가 네 친구라고 생각하는 거야? 우리, 친구 아니야. 내가 뭐 하러 부모도 없는 놈이랑 친구를 하냐?"

"근데 말이 심한 거 아니야? 얘 그러다 울겠다 큭큭."

"그래? 근데, 이제 얘 가지고 노는 것도 별로 재미없지 않냐? 딴 애로 갈아탈래? 야 백유현, 말해봐. 네 동생 어떠냐? 이름이, 백재현이랬나?"

"헐. 너무한 거 아니야? 왜 그런 걸 이제야 생각했어. 진작에 좀 생각하지."

또 장소가 바뀌었다. 여기는 내가 다니는 대학교인데.

"쟤가 부모한테 버려졌다던 애잖아. 얼마나 말썽을 부려야 친부모한 테 버림을 받는 거야?"

"그러니까. 심지어 왕따도 당했대. 돈이 없어서 누구 핸드폰을 훔쳤 다나?"

서로 귓속말하며 나를 쳐다보고 있는데 학교 어디를 가든지 모두가 나를 쳐다보며 말하는 것 같다. 학교 식당에 들어가자 같이 앉아 있는 홍태윤과 민채린이 보인다. 옆에 앉으려고 다가가는데 민채린이 홍태윤 에게 속닥거렸다.

"백유현 있잖아. 부모한테 버려진 건 집안 형편이 안 좋아서 그렇다 쳐. 그런데 감정을 못 느끼는 거는, 조금 아니지 않냐?"

"그러니까. 감정을 못 느낀다니. 으, 왠지 소름 돋아. 다른 사람 말에 진짜로 공감하는 게 아니고 말만 그렇게 하는 거잖아."

나랑 민채린 눈이 마주쳤다.

"야, 홍태윤. 네 뒤로 백유현 오고 있어. 빨리 가자."

그러고는 허겁지겁 자리를 떠났다. 자기네들은 나름대로 조용히 말했 다고 생각하는 것 같지만, 사실 다 들렸다. 순간 장면이 또 전환되었다.

'띠링'

학교 인터넷 게시판에 글이 올라왔다.

'1학년 중에서도 ㅂㅇㅎ 이라는 애 있잖아. 내가 개랑 고등학교 때 같 은 반이어서 아는 건데 어릴 때 말썽을 하도 부려서 친부모인데도 버려 졌었어. 그리고 돈이 없어서 다른 친구 핸드폰도 훔쳐서 학폭위까지 갔 었음. 또 감정의 색을 본다고 말하는데 얘 조금 정신에 문제 있는 애인 것 같아. 이런 애들을 학교가 받아주니까 학교 이름이 바닥으로 떨어지 는 거잖아. 이런 애들은 이름에 먹칠하는 거밖에 없는데 일찍 일찍 안

떨어뜨리고 학교는 뭐 하고 있는 거야?'

'아니야, 아니라고! 내가 잘못한 것도 없잖아.'라고 말하고 싶은데 입이 떨어지지 않았다.

"헉! 하아."

드디어 깼다. 요즘 들어서 이런 꿈을 더 자주 꾸는데 왜 그런지 모르겠다. 어렸을 때 부모한테 버려졌다는 사실은 홍태윤이랑 민채린한테 말했지만, 왕따를 당했고, 감정을 못 느끼고, 감정의 색을 볼 수 있다는 거는 밝히지 않았다. 그 누구에게도. 거짓말을 해가며 진실을 숨기는 이유는 가까스로 만든 친구를 잃고 싶지 않아서다. 진짜 이기적이지. 그렇다고 해도 나는 뭐라 할 수가 없다. 사실이니까.

주머니 속 핸드폰이 울렸다. 태윤이었다.

"여보세요?"

"백유현! 너 어디야?"

"응? 당연히 집이지. 갑자기 왜?"

"기억 안 나? 오늘 영화 보러 가기로 했잖아! 지금 너 빼고 우리 둘 다 영화관이야."

"아 맞다. 그게 오늘이었나?"

"야!"

옆에서 민채린 목소리도 들렸다.

"어우. 귀 아파. 빨리 갈게."

10분 만에 준비를 마치고 서둘러 집에서 나왔다. 분명 조금 전까지만 해도 맑았는데 비가 내렸다. 우산도 안 들고나왔는데.

"왜 이렇게 늦게 와!"

"까먹고 늦게 일어나기도 했고 이미 나왔는데 비가 갑자기 와서."

"봐봐, 내가 얘 분명 까먹었을 거라고 했지?"

"미안. 이제 가자. 영화 뭐 보게?"

"놀이공원의 악몽인가? 그거 예매했다는데?"

"그래. 빨리 들어가자. 늦겠다."

영화가 시작됐다. 지금까지 본 내용의 줄거리로는, 한 남자아이가 부모한테 놀이공원에서 버려지고 보육원에서 지내다가 입양을 받고 더 커서는 혼자 독립하며 사는 거였다. 이 영화가 평점이 제일 높아서 골랐다는데 이건 너무……. 내 어린 시절이랑 똑같은 거 아니야?

갑자기 머리가 핑 돌면서 숨이 쉬어지지 않고, 속이 뒤틀리는 것 같다.

"나 잠깐 화장실 좀 갔다 올게."

내가 속삭이며 말했다. 화장실 칸 안에 앉아 있었는데 영화의 내용과 악몽이 머리에 계속 머물러 있었다. 그때 누군가가 먼 곳에서부터 문을 두드리기 시작했다.

'똑, 똑똑. 똑, 똑.'

점점 문을 두드리는 소리가 내 쪽으로 가까워졌다. 그 사람은 내 바로 옆 칸까지만 두드렸다. "이상하네. 분명히 누가 들어오는 걸 봤는데."

난 심장이 너무 빨리 뛰어서 혹여나 그 사람한테 들리지 않을까 불안할 정도였다. 10분이 지난 것만 같은 짧은 시간이 지나고 그 사람은 드디어 밖으로 나갔다.

"휴우."

나는 안도의 한숨을 쉬었다. 10분이 뭐람, 마치 한 시간이 흐른 것 같았다.

"백유현! 어디 있어!"

이렇게까지 홍태윤의 목소리가 반가울 일인가?

"나 여기 있어."

얼른 대답하고 밖으로 나왔다.

"혹시 속 안 좋아? 버티기 힘들면 먼저 들어가도 돼."

"그럼 나 먼저 들어갈게. 미안해."

"괜찮아. 다음에는 재현이랑도 같이 보자."

집 현관문 앞에 택배가 와 있었다. 나에게 온 게 맞는지 의심했지만, 택배에 우리 집 주소가 쓰여 있었다. 택배 안에는 폴라로이드 카메라와 〈이모션 컬렉션 노트〉, 설명서가 있었다. 그런데 설명서가 반쯤 찢어져 있었다.

> 설명서
> 1. 폴라로이드 카메라의 전원을 켠다.
> 2. 자신이 궁금한 감정의 색을
> 3. 흑백으로 나온
> 4. 사진을 붙이면 감

설명서의 글씨 대부분이 번져서 알아볼 수가 없었다. 오늘은 이미 너무 지친 하루였다. 내일 날이 밝으면 뭐라도 해보자. 계속 혼자서만 세상을 살 수는 없는 노릇이니까.

어제 온 택배로 뭐라도 해보려고 동네 산책도 할 겸 가방 안에 노트와 폴라로이드를 넣고 집 밖으로 나갔다. 마침 날씨도 좋아서 주변 사진을 찍는 것이 별다르게 의심받을 행동일 것 같지는 않았다. 밖에 나가 보니 생각보다 사람이 많았다. 그중에서도 서로를 보며 웃고 있는 한 커플을 찍었다. 처음에는 흰색이었다가, 시간이 지나면서 사진이 흑백으로 나왔다. 아마 설명서 3번의 내용인 듯하다. 사진을 어떻게 해야 할지 몰라 안절부절못하다 그냥 노트 사이에 끼우고 집에서 설명서 4번 내용처럼 붙여보기로 하고. 자전거를 타고 있는 한 가족을 더 찍었다.

집에 도착해 두 장의 사진을 〈이모션 컬렉션 노트〉에 붙였다. 웃고 있던 한 커플의 사진은 감정의 색이 '핑크 피코크(pink peacock)'라고 적혀 있었고, 감정의 이름은 사랑이었다. 자전거를 타던 가족들의 사진은 '오팔 그레이(opal gray)'와 '로즈쿼츠(rose quartz)'라는 두 가지 색이 섞여 있었다. 감정의 이름은 힘듦과 기쁨. 아마 자전거를 타서 힘들지만, 가족이랑 함께여서 기쁜 거겠지? 내가 보는 색이 노트에 똑같이 나타나는 게 신기했다. 솔직히 가족과 함께여서 기쁜 적 없는 나지만, 웃고 있는 사람들을 보니 괜스레 마음 한편이 간지러웠다.

'쏴아아.'

"어, 비 온다. 비 온다는 말 없었는데."

학교가 끝나고 나서 편의점 아르바이트를 하러 가는 길이었다.

'툭.'

"야, 거기 너! 눈을 어디에 두고 다니는 거야!"

나와 부딪힌 아저씨가 고래고래 소리치며 말했다.

"아 죄송합니다."

"죄송하면 다야? 너 때문에 젖은 내 옷은 어떻게 할 거야! 이거 비싼 거야!"

나는 기세에 눌려서 아저씨를 제대로 쳐다보지도 못하고, 말도 얼버무리며 연신 사과했다.

"쯧, 요즘 어린 것들은 예의가 없어, 예의가."

이렇게 말하며 지나가는 것 같아서 고개를 들어 쳐다봤는데 두 눈이 마주쳤다. 비록 짧은 시간이었지만, 분명 나는 그 눈에서 살기를 봤다. 그 순간, 갑자기 다른 소리는 들리지 않고 그 사람의 목소리만 엄청 크게 들렸다. 뭔가 이상한 기분이 들어서 마주친 눈을 피하려고 뒤돌아서 편의점으로 냅다 뛰어 들어갔다.

편의점에 도착하자마자 다리에 힘이 풀려서 바닥에 풀썩 주저앉았다. 그 순간 '아, 가방에 카메라 있는데 그 아저씨가 뒤돌아 있을 때 찍어서 그게 무슨 감정이었는지 확인해 볼 걸.'하는 생각이 들었다. 마음을 다잡을 새도 없이 손님이 들어왔다.

"어서 오세요. 해피 편의점입니다."

"혹시 손수건이 있을까요?"

"천은 없지만 위생용품 쪽으로 가시면 쓸 만한 게 있을 거예요."

"네. 감사합니다."

들어온 손님은 수상해 보이지 않는 게 이상할 정도로 검은 마스크에 검은 후드에 검은 모자를 쓰고 있었다.

"이거 결제해 주세요."

"네. 총 6,000원입니다."

"여기요."

"감사합니다. 안녕히 가세요."

그 손님은 천이랑 소독약, 밴드를 사 갔다. 문제가 될 법한 물건들은 아니지만 왠지 느낌이 좋지는 않았다.

편의점 영업시간이 끝나 매장 정리를 하고 집으로 가려는데, 카드 리더기에 꽂힌 카드가 내 눈을 사로잡았다. 누군가 두고 간 것 같다. 너무 피곤한 하루여서 집으로 빨리 가고 싶었지만, 카드 주인은 카드를 찾으려고 애쓰고 있을 수 있으니까, 카드를 근처 경찰서에 가져가기로 했다.

'덜컥.'

"안녕하세요. 혹시……."

어떤 사람의 목소리에 내 말이 묻혔다.

"아니 이것 좀 놔보라고. 나 잘못한 거 없는데 왜 이리로 데려왔어! 어, 너! 아까 비 올 때 나랑 부딪힌 놈! 너 맞지?"

그렇다. 이 사람은 아까 낮에 나랑 부딪혔던 사람이었다. 그런데 이 우산 아저씨는 말도 끊기고 몸도 제대로 못 가눴다.

'이 아저씨가 왜 이러지. 그나마 사람처럼 보였는데 드디어 짐승이 된 건가.'

"뭘 봐! 눈 안 깔아? 나보다 나이도 한참 어린 게!"

갑자기 뭐라고 하자 나는 순간 얼어버렸다. 우산 아저씨 옆에 있던 경찰관이 말했다.

"아휴, 죄송해요. 이분이 술에 취하셔서 제정신이 아니에요."

"괜찮아요!"

'술에 취해서 이 지경이 난 거구나. 사람이 아니라 짐승 맞았네.'

"그런데 무슨 일로 오셨어요?"

"아 제가 편의점 아르바이트를 하는데요. 어떤 분이 카드 리더기에 카드를 그대로 꽂고 가셔서 주인분이 분명 찾으실 것 같아서 가지고 왔어요. 이걸 어떻게 해야 하나요?"

"여기에 두시면 돼요. 그럴 일은 없겠지만 다른 곳에서 사용한 후에 가지고 온 건지 확인할 게 있어서 잠시 기다려 주세요."

"네."

경찰관님 말대로 잠깐 의자에 앉아 기다리고 있었다.

"아저씨, 가족분 있냐니깐요? 말씀을 해주셔야 데리고 나가죠."

"몰라! 어쨌든 지금 나 잘 거니까 나중에 깨워!"

"아우, 저 진상."

우산 아저씨와 계속 말하던 경찰관이 자기 자리로 가면서 조용히 혼잣말했다. 이 말과 함께 경찰관한테서 어두운 보라색이 보였다.

'나에게 택배를 보낸 사람이 누굴까, 혹시 내가 감정을 못 느끼는 걸 아는 사람이 보낸 건가?'

"저기요. 저기요!"

"네? 죄송해요. 딴생각하느라."

"괜찮습니다. 별다른 문제는 없는 거 같고 카드 주인분도 오신다니까 이제 가보셔도 좋습니다."

"감사합니다. 안녕히 계세요."

내가 나갈 때까지 우산 아저씨는 계속 의자에 누워 자고 있었다.

여름방학이 시작됨과 동시에 우리는 강원도로 놀러 갈 계획을 세우기로 했었다. 그날이 오늘일 거라고는 새까맣게 잊은 채 난 TV를 보고 있었다.

"맞다! 오늘 우리지 집에서 여행계획 짜기로 했었지?"

TV를 끌 새도 없이 서둘러 집을 치우기 시작했다. 이것저것 서랍에 마구잡이로 넣다가 〈이모션 컬렉션 노트〉가 눈에 들어왔다. 순간 감정을 얼마나 모았는지 궁금해졌다. 사랑, 슬픔, 질투, 공포, 외로움, 당황, 수줍음, 불안함, 성공, 우울함, 기쁨. 지금까지 총 11개의 감정을 모아왔다. 마지막 하나의 칸이 비어있었다. 남은 감정 하나가 뭘까 생각하는 찰나, 현관 벨이 울리고 홍태윤과 민채린이 도착했다. 홍태윤은 민채린을 보자마자 핀잔을 줬다.

"아니 민채린 너는 괜히 계획을 짜겠다고 해서. 굳이 힘들게 왜 그러는 거야? 도저히 이해가 안 되네."

"아이고, 정말 죄송하네요. 제 성격이 이런데 어쩌겠어요?"

민채린은 우리 중에서 유일하게 MBTI가 J여서 무조건 계획을 짜고, 계획에 맞게 다녀야 한다. 그것 때문에 우리는 다 같이 여행을 자주 가지는 않는다. 아, 항상 만나기만 하면 홍태윤이랑 민채린 둘이 서로 지지고 볶고 싸우니까 같이 안 가는 것도 있다.

"홍태윤, 민채린. 너희는 어떻게 맨날 싸우냐?"

'띵동.'

"형. 나 왔어!"

재현이도 도착했다.

"마저 계획 짜자. 너희 맛집 하나씩 골라 봐."

채린이가 말했다.

"그냥 거기서 유명한 데 가자."

"그래. 그럼, 숙소는?"

"좋은데 가자."

"에휴, 너희는 어떻게 도움이 되는 게 하나도 없냐."

"미안하네요. 이 중에서 생각하고 고민하는 애는 너 하나밖에 없어서."

"너 지금 나 비꼬지."

"아닌데요."

때마침 재현이가 끼어들었다.

"태윤이 형, 조용히 좀 해봐! 소리가 안 들리잖아."

"홍태윤, 너 민채린한테 시비 좀 그만 걸어."

나도 한마디 거들다 형제의 일격에 홍태윤이 반격을 가했다.

"백재현. 너 좀 실망이다? 항상 내 말은 다 맞다고 하던 애가 언제 이렇게 컸냐. 그리고 너, 백유현. 너는 듣는 친구 섭섭하게 민채린 편드냐? 우리가 몇 년 동안 알고 지냈는데 얘 편을 든다고? 솔직히 말해봐. 너, 얘 좋아하지?"

"아 조용히 좀 해. 뭐 시켜 먹을까?"

"어? 왜 은근슬쩍 화두를 돌리지?"

"어? 왜 가만히 있는 사람한테 시비를 걸지? 혹시 그녀를 좋아하나?"

"꺼져."

"홍태윤, 조용히 좀 해! 숙소 예약해야 할 거 아니야!"

"아니 왜 다 나보고만 뭐라고 하는 거야."

서로 떠들면서 TV를 보고 있는데 갑자기 보고 있던 프로그램이 멈추고 뉴스가 나왔다.

"속보입니다. 묻지 마 흉기 난동 사건이 벌어졌습니다. 지금 상황이 어떤지 현장 연결해 보겠습니다. 최지훈 기자?"

"네, 최지훈 기자입니다. 지난 17일 오후 8시경 서울 누리 역에서 묻지 마 흉기 난동 사건이 벌어졌습니다. 차를 몰고 인도로 돌진하던 남성 두 명이 차에서 내린 뒤, 누리 역 안으로 들어가 시민들을 대상으로 흉기를 휘둘렀습니다. 피의자는 식당 서빙 직원 남성 A씨와 식당 배달업을 하는 남성 B씨로 파악되었습니다. 두 사람은 같은 식당에서 일을 하다 서로 마음이 잘 맞아 같이 범행을 계획했다고 합니다."

우리는 뉴스를 보면서 아무 말 없이 영혼이 나간 것처럼 있었다.

"A씨와 B씨 모두 범행 당시 검은색 후드를 뒤집어쓰고, 모자와 마스크를 끼고 있었습니다. A씨는 지하철역을 뛰어 돌아다니면서 시민들에게 흉기를 휘둘렀고 B씨는 차량을 몰며 근처에 있는 사람들을 차로 들이박았다고 합니다. 이번 사건으로 발생한 피해자는 총 12명으로, 부상자 중 4명은 차량에 부딪혀 다쳤습니다. 근처를 지나던 8명의 시민이 A 씨가 휘두른 흉기에 찔리거나 다쳐 병원으로 옮겨졌습니다. A씨가 방문한 곳을 보면 누리 역 도착 전에 한 편의점에 갔다가 나왔다고 합니다. A씨는 갑자기 화가 났는데 어떻게 해도 화가 풀리지 않아 범행을 저질렀다고 진술했고, B씨는 사람과 부딪혀도 별생각 없이 진심에서 나오는 게 아닌 말만 하는 20대들을 보고 화가 쌓이다가 범행을 저질렀다고 했습니다."

"형. 저 편의점. 형이 아르바이트하는 곳 아니야?"
"응?"
재현이의 말을 듣고 뉴스에 나오는 편의점을 보니, 맞았다. 내가 아르바이트하는 편의점이었다. 순간 그다음 뉴스의 내용이 귀에 들어오지 않고 뇌 회로가 멈춰버린 것 같았다. 뉴스에 나오는 B씨는 나와 길에서 부딪히고 나에게 버럭 화를 냈던, 눈에서 살기가 보이던 남자였다. 또 A씨는 내가 편의점 아르바이트를 하는 시간에 편의점에 와서 천이랑 소독 티슈, 밴드를 사 가던 사람이었다.

"얘들아, 우리 여행 취소하고 나중에 가자."
"그래. 그게 좋을 것 같아."
"그 말에 동의."
"나도."
다음에 기회가 될 때 여행을 가자는 민채린의 말에 우리는 모두 동의했다.

시간이 흘러 계절은 겨울이 되었다. 뉴스에서 흉기 난동 사건을 일으켰던 B씨가 감옥에서 탈출했다고 했다. 그는 다시 한번 흉기 난동 사건을 일으키겠다고 예고를 했고, 그 예고와 함께 나라가 어수선해졌다. 탈주범이 어디서 언제 나타날지 모르고 딱히 막을 방법이 있는 것도 아니기 때문에 온 나라가 초긴장 상태가 되었다. 나는 눈에 살기가 돌던 그 아저씨의 감정이 마지막 감정과 연관이 있다고 생각했다. 그래서 어딜 갈 때든지 항상 폴라로이드 카메라를 챙기고 다녔다. 태윤이랑 만날 때도 들고 나왔는데 남자들끼리 있는데 징그럽게 왜 이걸 들고나오냐고 한참 잔소리를 해댔다.

우리 집에서 만나서 여행 계획을 짰던 날 뒤로는 채린이를 만난 적이 없다. 무슨 일이 없나 걱정되던 즈음에 채린이에게 문자가 왔다. 수요일 7시쯤에 같이 밥 먹자고.

나는 채린이랑 만나는 날에도 폴라로이드를 들고나왔다. 그런데 그건 어떻게 귀신같이 알아차리는지.

"이거 폴라로이드 카메라지? 우리도 찍자!"

"어? 아 근데 이거 흑백으로 나와. 안 찍는 게 나을 것 같은데."

"에이, 흑백사진이 더 감성 있잖아. 지나가는 분께 찍어 달라고 하자."

"그래. 저 혹시 저희 좀 찍어주실 수 있을까요?"

지나가는 커플처럼 보이는 사람들에게 물었다.

"당연하죠. 자, 셋 하면 찍습니다! 하나, 둘, 셋!"

'찰칵,'

"감사합니다."

우리 둘이 합창하듯 말했다.

"잘 나왔어? 보여줘 봐."

"좀 기다려. 아직 색깔 안 나왔어."

말이 끝나기도 전에 내 손에 있던 사진을 빼려고 하자 손을 번쩍 들었다.

"이따 보여줄게."

"흥. 안 보여주기만 해봐라."

"알았어. 저녁 뭐 먹을래? 먹고 싶은 거 있어?"

채린이가 파스타 먹고 싶다고 해서 같이 유명한 파스타 가게에 갔다.

"유현아 나 화장실 좀 갔다 올게."

"응. 알았어."

채린이가 화장실에 가 있는 동안 나는 창밖을 보고 있었다. 그런데 감옥에서 탈출했다는 우산 아저씨가 반짝이는 무언가를 들고 지나갔다. 나는 더 생각할 새도 없이 폴라로이드 카메라와 핸드폰을 들고 그 아저씨를 쫓아갔다. 식당 위치를 찍고, 감옥에서 탈출한 그 사람이 빛에 비쳐서 반짝이는 무언가를 들고 있는데 흉기인 것 같다는 말과 함께 경찰서로 문자를 보냈다.

그 아저씨한테 보이는 감정의 색은 지난번과 똑같은 엄청 새빨간 색이었다. 만약 음식의 색이 이 정도로 빨갛다면, 먹자마자 죽을 것 같았다. 그 사람과 조금 가까워졌을 때 사진을 찍으려고 촬영 버튼을 누르는 순간,

'찰칵.'

혁, 플래시가 터질지 몰랐다. 플래시가 터지는 소리와 불빛을 보자 그 남자는 나를 노려보며 방향을 바꿔 내가 있는 쪽으로 뛰어오기 시작했다. 나는 그대로 뛰기 시작했다. 어제 왔던 눈이 녹아서 바닥이 꽤 많이 미끄러웠는데 빨리 뛰려고 하다가 넘어지면서 폴라로이드 카메라를 손에서 놓치고 말았다. 불행 중 다행은, 사진은 코트 주머니에 있었다는 것이다. 하지만 내가 뛰어가는 방향 맞은 편으로 채린이가 걸어오고 있었다.

"야 민채린! 반대로 뛰어가!"

"왜?"

"묻지 말고, 뒤돌아보지도 말고 무조건 뛰어!"

"야! 너! 그때 나랑 부딪힌 놈이지!"

탈주범이 소리쳤다. 나를 기억하고 있었나 보다.

"몰라! 내가 사람 얼굴을 어떻게 다 일일이 기억해요!"

그 아저씨가 계속 쫓아오는지 확인할 새도 없이 오로지 앞만 보고 뛰었다. 뛰면서도 혹여나 한 번 더 넘어지지는 않을까 노심초사하며 달렸다.

"으악!"

탈주범은 무조건 나를 잡고야 말겠다는 일념으로 뛰다가 빙판에 발을 헛딛어 미끄러지더니 바닥을 굴렀다.

'탕!'

"움직이면 쏜다!"

내가 식당으로 몸을 피한 순간 총소리가 울렸다. 식당 안으로 들어가고 나서야 탈주범을 쳐다봤다. 경찰이 와 테이저건으로 탈주범을 쏜 모양이었다. 나는 그제야 안도감이 밀려와 다리에 힘이 풀려 주저앉았다. 숨을 아주 가쁘게 몰아쉬었다. 아득해지려는 정신을 가까스로 붙잡았다.

그날 저녁, 마치 어제 일처럼 다시 뉴스에서 그 남자를 마주했다.

"8시 뉴스 시작합니다. 최근 재조명되었던 누리 역 흉기 난동 사건의 B씨가 다시 체포되었습니다. 두 시민분이 B씨를 발견하고는 바로 문자로 신고를 한 다음, 어디로 가는지 쫓아갔었다고 합니다."

이 뉴스의 주인공은 나와 채린이다. 그 순간을 다시 생각하면 식은땀이 흐르고 등골이 오싹해지지만, 그 사람이 다시 잡혀서 감옥으로 가게 되어 정말 다행이라고 생각한다.

오늘은 휴강이어서 집을 전부 청소했다. 이불도 빨고, 분리수거도 하고, 바닥도 닦았다. 오랜만에 〈이모션 컬렉션 노트〉를 다시 꺼내서 봤다. 아, 채린이랑 찍었던 사진도 있는데 원래 감정을 알려주는 게 정해져 있는지, 채린이랑 찍은 사진의 감정의 이름은 나오지 않았다. 감정의 색은 '모브(mauve)'였다. '꽃이 화학을 만났을 때'라는 설명도 아래에 적혀 있었다. 그리고 그때 그 탈주범에게서 보였던 감정의 색은 '시그널 레드(signal red)'였다. 시그널 레드라는 이름답게 정말 강렬한 빨간색이었다. 감정의 이름은 '충동 살인'이었다. 감정의 색과 그리고 이름과 함께, 아주 친절한 설명이 첨부되어 있었다.

'이 감정은 충동적으로 누군가를 죽이고 싶다는 생각이 드는 감정이다.'

우주 제빵사

김명현

4040년 12월 16일 "띠리리링- 띠리리링"

아침부터 알람이 요란하게 울렸다. 눈을 떴지만, 다시 잠들고 싶었다.

'출근은 해야지'

휴대폰을 들어 알람을 껐다. 4시 2분이었다.

다시 눈을 감고 싶은 시간이다. 난 릴스를 몇 개 보다가 이불에서 나와 터덜터덜 주방으로 갔다. 컵을 꺼내고 냉장고에서 생수를 꺼내 컵에 따랐다.

'꿀꺽, 꿀꺽.'

단숨에 물을 마시고 하루를 시작했다.

내 이름은 김민재 34살이다. 제빵사이다. 우주에서 빵을 만들어 외계인들에게 판다. 보통 사람들은 외계인이라고 하면 초록색 괴생명체를 생각할 수도 있겠지만 전혀 그렇지 않다. 괴생명체는커녕 우리 지구인들과 비슷, 아니 똑같이 생겼다. 나는 옷을 입고 이를 닦고 수염을 깎은 뒤 집을 나왔다. 그리고 우리 집에서 약 2분 정도 걸리는 나의 가게로 발을 옮겼다. 가게와 집이 가까워서 너무 좋다. 지금 시간 5시 33분. 문 열기 약 1시간 전 도착했다. 내가 항상 와서 하는 일은 이렇다. 주방 정리, 테이블 정리 그리고 음식 만들기. 주방 정리는 생각보다 힘들다. 10분밖에 걸리지 않지만, 주방은 걸레로 닦기 때문에 팔에 힘이 많이 들어간다. 이렇게 작은 정리만 해도 20분은 후딱 간다. 벌써 5시 50분 오픈하기까지 40분밖에 남지 않았다. 내 가게에는 장점과 단점이 있다. 우선 단점은 베이커리지만 오븐이 없다. 음 내가 생각해도 오븐이 없다는 건 말이 안 되지만 오븐 뺨치는 에어프라이어가 있다. 그리고 장점은 냉장고다. 가게에서 쓰는 냉장고는 우리 집 냉장고보다 더 좋다. 냉장고에 원하는 재료를 넣고 약 1분간 기다리면 상상한 현실이 되어 텅텅 비었던 냉장고에서 내가 원하는 식재료들이 나온다. 처음 내가 냉장고를 쓸 때 기다리지 않고 열었다가 냉장고가 터져서 바꾼 적도 있다. (다행히 다치지 않았다.) 아! 그러고 보니 왜 서른네 살인 지구인이 우주까지 오게 되었냐면 이게 참 어이가 없다.

5년 전. 4035년 12월 18일, 그날도 어김없이 눈을 떴다. 그날은 화요일이었다.

"이지, 이지, 이지, 이지."

문자가 요란하게 울렸다.

"누가 이렇게 시끄럽게 연락하는 거야? 평일 아침부터 진짜 시끄럽게 하네. 누구지?"

문자는 총 4개 와 있었다. 1개는 마지평 합격에 관한 것, 나머지 3개는 엄마의 문자다. 그렇다. 나는 꽃다운 20대의 마지막인 29살에도 방구석 자취생, 즉, 백수다. 나는 일단 주식회사 마지평의 문자부터 확인했다.

"헉, 드디어. 제발 제발!"

나는 두 손을 꼭 쥐고 문자를 클릭했다.

「민재 님 안녕하세요, 마지평 인사팀입니다. 금번 당사의 채용공고에 관심을 두고 지원해 주신 데 대해 진심으로 감사드립니다.

귀하의 뛰어난 역량에도 불구하고 제한된 모집 인원으로 부득이하게 귀하를 선발하지 못하게 되었음을 알려드리고자 문자 드렸습니다.

함께하지 못하게 되었음을 매우 안타깝게 생각하며, 향후 다른 기회를 통해 만나 뵐 수 있기를 바랍니다. 원하시는 회사에 꼭 입사하기를 기원합니다. 감사합니다.」

이걸로 4번째 탈락이다.

"하, 도대체 몇 년째야!"

마지평은 심리 앱과 전자책, 그리고 다마고치 등을 만드는 심리 관련 회사다. 이름이 매우 이상하다 느낄 수 있지만 매우 좋은 뜻이다.

'마음을 지켜 평안하게 살아간다.'

고등학생 때 많이 힘든 적이 있었는데 마지평의 심리 게임을 하고 내 생각이 많이 바뀌었다. 사실 너무 힘들었던 게 학업이나 친구 관계 때문이었는데 공부가 다가 아니라며 내가 잘할 수 있는 걸 찾으면 된다는 주인공의 이야기를 보고는 내 꿈은 그때부터 마지평 입사 그것뿐이었다. 그래서 고등학생 때 가장 먼저 했던 것은 심리 책을 읽는 것이었다. 그리고 난 공부를 못하는 편은 아니었다. 일반고에서 항상 1등급을 유지하고 좀 낮을 때는 2등급이 나올 때도 있었기 때문이다. 여하튼 난 심리학과가 있는 심리대로 가려고 목표를 잡았다. 평소에도 1등급을 유지하던 난 더 열심히 공부하여 2등급은 찾아볼 수 없는 전교 1등을 만들었다. 고2 때부터 유지한 거긴 했지만 그래도 난 이 정도 실력이면 심리대는 갈 수 있다고 자만하며 생각했다. 난 나 자신을 너무 믿었다. 그렇기에 난 심리대, 공부대, 미래대, 유과대, 바타대 총 5개를 신청하였다. 항상 전교 1등을 유지했던 나였기에 '당연히 붙었겠지.' 하고 20살이 되고 공고를 확인했다. 예상치 못한 일이 벌어졌다. 5개의 대학 모두 떨어졌다.

　사라지고 싶었다. 당연히 합격할 거로 생각했다. 인생은 뜻대로 되지 않는다. 정말로 정말로 사라지고 싶었다. 가장 행복해야 할 갓 20살이 나에게는 가장 부정적인 생각을 많이 한 20살이었다. 지금도 마음에 많은 상처받은 기억들이 있는 것 같다. 그 이후로 난 재수 학원에 가서 더 공부를 열심히 했다. 하루하루가 고통이었다. 대학에 떨어진 후 살도 급격히 쪘다. 스트레스는 어떤 방법을 해도 풀리지 않았다. 아무리 먹고 자고 공부만 해도 난 스트레스가 쌓이기만 했다. 1년이 지났다. 똑같이 심리대, 공부대, 미래대, 유과대, 바타대를 지원하고 이름 모를 지방대도 지원하였다. 그 이름 모를 지방대라도 붙길 원했다. 그 지옥 같은 1년을 보내고 목표대 보다 좀 더 높은 미래대 심리학과에 합격했다. 대학에서도 과대를 맡고 교수님 수업을 맨 앞자리에서 들으며 조금은 지루하고 힘든 대학 생활을 보냈다. 대학을 졸업하고 난 25살이었다. 그리고 바로 마지평에 지원을 했다. 1년에 한 번씩 꼬박꼬박 한 번도 빠지지 않고 떨어지더라도 '아직 기회가 있어. 좀 더 열심히 하고 생각하자!' 라며 노력하고 또 노력했지만 29살 현재까지 붙지 못하고 백수로 살고 있다.

　"띠링" 엄마의 문자가 한 개 더 와 있었다.

　'아들~ 잘 지내고 있지? 오늘 김치 담글 거니까 엄마 아빠 집 와.'

　'그러고 보니 오늘 그거 합격 문자 오늘날이지? 어땠어?'

'아들! 왜 답장이 없어? 무슨 일 생긴 건 아니지??'
'톡 보면 연락해'

일단 난 답장부터 썼다.
'지금 갈게요.'
난 백수인지라 부모님의 용돈을 받아서 산다. 그래서 항상 김치를 담그거나 a/s(수리) 맡길 때 많이 가서 도와드리고 있다. 부모님 집과 버스 타고 약 10분밖에 걸리지 않아서 자주 방문하고 있다. 대학에 떨어지거나 대학 생활에서 힘든 일이 있을 때마다 우리 엄마는 내가 얼마나 힘든지 안다며 같이 웃고 울며 공감을 해주셨고 아버지는 인생 다 그런 것이라며 말씀하셨지만 항상 돈을 입금해 주셨다.

"돈이 최고야. 그렇다고 너무 막 쓰진 말고, 네 엄마한텐 비밀이다."

난 그래서 오늘도 부모님 댁에 가서 김치 담그는 걸 도와드리러 가야 한다.

옷을 대충 입고 이를 닦고 몸 단정을 해서 버스카드를 챙겨 집을 나왔다. 급히 버스 정류장에 가서 버스가 오길 기다렸다.

"흐흐 밖에 왜 이렇게 추워? 요 근래엔 좀 따뜻했던 것 같은데."

버스가 오자 나는 버스에 탔다.

"삑"

카드를 찍고 버스 안을 둘러보니 버스에는 사람이 나와 기사님밖에 없었다. 넓은 택시를 탄 것 같았다.

"쾅!!"

좌석으로 걸어가던 길에 버스가 심하게 흔들렸다. 난 일단 눈앞에 보이는 버스 기둥을 잡고 소리쳤다.

"기사님? 무슨 일이에요?"

기사님은 피곤한 눈빛으로 말했다.

"우주행 버스 마지막 정거장입니다. 깨달음을 얻으시면 다시 타실 수 있습니다. 매년 12월 18일에 보도록 하죠. 이곳에서의 1년은 지구의 1분이니 걱정은 안 하셔도 됩니다. 빨리 내리시죠."

난 매우 당황하면서도 짜증 났다. 회사에 떨어진 것도 짜증인데 아침부터 이상한 버스 기사를 만나서 더 어이가 없었다.

'뭐 저런 버스 기사가 다 있어!'

순간 내가 아는 곳과는 전혀 다른 곳에 도착했다. 내가 내린 공간은 온통 하얀 곳이었다. 그곳엔 노트북과 편안해 보이는 의자가 있었다.

노트북 화면에는 이렇게 쓰여 있었다.

-행성에 오신 것을 환영합니다!-

아래 있는 문항에 대답해 주길 바랍니다.

문항의 질문에는 내 전공이나 취미, 방 디자인 등을 물어보았었다. 난 무슨 기분인지 모르겠지만 그저 솔직하게 대답을 했다. 대답을 다 적은 후 [완료] 버튼을 누르자마자 흰색 방은 어디 가고 문항에 적었던 그대로의 방이 나왔다 난 상황 파악도 못 한 채 내 직업을 받았다. 제빵사. 취미를 요리라고 적었기 때문인가 내 전공과는 전혀 다른 직업이었다. '제빵을 내가 어떻게 하지?' 생각하던 중 제빵사 아래에 작은 글씨가 눈에 띄었다. 제빵사나 빵은 이 나라에 '없는' 정보입니다. 자유롭게 만드시면 됩니다! 나는 어이가 없었다. 꿈인가 싶어 내 볼을 꼬집어 보았다.

"아야!"

꿈은 확실히 아니었다. 나는 그렇게 이 말도 안 되는 상황에서 내 첫 가게가 생겼다.

"뭐야."

4040년 12월 16일 그렇게 매년 정거장에 가봤지만 버스는 오지 않았다.

그러고 보니 내일 가게를 닫고 모레는 이 행성을 떠날지도 모른다.

내가 깨달음을 얻었는진 모르겠지만. 시간은 생각보다 빠르게 지나가는 것 같다.

추억 회상을 하다 보니 벌써 5분이 지나있었다. 난 급한 마음에 빵을 얼른 결정했다 오늘 내가 만들 빵은 오븐도 에어프라이기도 필요 없는 요리이다. 그 요리는 사과파이! 사과파이는 어렸을 때 엄마가 많이 해주신 간식이다. 열심히 만든 후 이제 포장만 하면 된다.

"밤빠빠밤빠빠빠빠~!"

오픈하기 5분 전 알람이 울렸다. 난 알람을 듣고 사과파이를 3개씩 소분해 10봉지를 만들었다. 사과파이 한 개가 남아 내가 먹었다.

"음~음~! 그래! 이 맛이지." 나는 사과파이 열 봉투를 진열대에 놓고 메뉴판에 메뉴를 쓰기 시작했다.

'오늘의 메뉴! 사. 과. 파. 이!'

글씨 옆에 작은 사과도 그려 넣었다. 예쁜 글씨체를 보고 뿌듯해하며 내 가게 영업 안내판을 오픈(open)으로 바꾸고 메뉴판을 밖에 두었다.

오늘도 열심히 장사해 볼까!

"따르릉" 명쾌한 자전거 울림소리가 들렸다.

우리 가게 첫 손님은 항상 꼬꼬마 여자아이 로티가 온다. 로티는 무슨 사연이 있는지 모르겠지만 항상 부모님 없이 이 이른 시간(6시 30분)에 딱 맞춰 자전거를 타고 온다.

"오늘 메뉴는 사과파이죠? 사과파이가 뭐예요?"

로티는 항상 무언가를 물어볼 때 고개를 갸웃하는데 그 모습이 너무 사랑스럽다.

"음, 사과파이는 저번에 사 갔던 식빵 있죠? 거기에 사과를 넣은 거예요."

로티는 눈살을 찌푸리며 말했다.

"윽, 그럼 맛없는 거 아니에요? 그래도 아침 메뉴는 한 개밖에 없으니까 한 개 주세요."

"3,000콩입니다."

나는 웃으며 결제를 도와주었다. 콩은 이 행성 돈의 단위이다. 로티는 내가 가게를 연지 2년 후부터 왔는데 그때부터 빵이라는 것을 먹고 내 가게 단골이 되었다.

보통 손님들은 빵을 산 후 집에 가져가 먹는데 로티는 항상 매장 테이블에 앉아서 먹는다.

"음! 아저씨! 이거 생각보다 맛있어요!"

"네? 아저씨요? 그냥 사장님이라고 불러요."

난 서비스로 우유를 주었다. 로티가 단골이 된 후 로티가 매장에서 빵을 먹을 때면 자연스럽게 우유를 가져다주곤 했다.

"오늘도 맛있는 빵 만들어주셔서 감사해요."

로티는 빵을 다 먹으면 감사 인사를 했다.

"오늘도 만족하셨다면 제가 너무 감사하죠."

"아저씨 근데 이제 5년 다 돼서 가게 없어져요?"

"음 아무래도 그럴 것 같네요, 꼬마 손님."

로티는 매우 시무룩한 표정으로 말했다.

"전 그러면 이제 빵 못 먹는 거예요?"

로티가 물었을 때 난 매우 당황했다. 난 내가 떠나 다시 고향으로 갈 수 있어 기뻤는데 내가 떠나면 남아있는 여기 사람들은 어떻게 될지 생각을 안 해 보았기 때문이다.

난 고민에 빠졌다.

'하, 그러면 이 집을 물려줘야 하나?' 로티의 한 마디에 난 다른 관점으로 볼 수 있었다.

로티가 다시 입을 열었다.

"그래도 25년처럼 안 떠날 수도 있지 않아요?"

로티는 불안해 보였다. 난 로티에게는 대답을 못 해주고 로티가 빵을 다 먹길 기다린 후 로티를 보냈다. 그 아이를 돌려보내고 난 후 오후에 팥 빵을 만들며 계속 곰곰이 생각했다.

'아아, 진짜 내가 떠난 후론 어떻게 해야 하지. 그래도 내 가게를 찾아주시는 손님들은 진짜 많아도 20명, 그 20명은 어떻게 한담. 알바를 뽑을 수도 없고. 어? 아르바이트? 그래! 아르바이트를 뽑으면 되겠네!'

난 행복한 마음에 박수를 쳤는데 손에 있던 밀가루가 흩날렸다.

"콜록콜록 윽 맛없어."

이 와중에 밀가루 맛을 봐 버렸다. 난 다시 고민에 빠졌다.

오늘은 평일 그것도 일요일이라(행성에서의 주말은 금, 토) 사람은 많아도 4명 정도밖에 오지 않는다. 내 가게를 매일 찾아주는 손님은 4명이 있는데 그 4명만 항상 일요일에 찾아온다. 꼬마 손님 로티, 카밀 어르신, 루비 청년, 그리고 밤마다 찾아오는 콜.

"로티나 카밀 어르신은 너무 어리거나 나이가 들어 장사는 못 할 거야. 콜도 20대 후반이긴 한데 그 친구는 대인 기피증이 있고. 그럼, 루비 청년밖에 없는데, 루비 청년은 항상 오후에 온단 말이지 루비는 20대 중반처럼 보이는 친구인데 성실한 편이라 알바로 뽑기 딱인데 이따 오면 물어봐야겠다." 나는 다시 빵을 굽기 시작했다.

"이보쇼 아무도 없소?"

카밀 어르신이다.

"네네, 지금 나갑니다. 오늘은 무엇을 드릴까요? 카밀 어르신?"

"거 안녕하시오. 오늘은, 오 아직 아침 메뉴가 남아 있구먼 이거 하나랑 베스트 식빵 하나 주삼."

"네 9000콩입니다"

"왜 이렇게 비싸? 식빵은 6000콩인데 요거 3개에 3000콩이나 해? 요새 물가가 올랐구먼."

'어차피 마지막 날이고 그럴 수도 있으니 세일 해서 팔아야겠다.'

"음 그럼 할인 해 드릴게요. 파격 할인해서 5000콩! 어떠세요?"

"잉? 아녀 안 그려두대. 그냥 장난친거니껭 그렇게 장사하면 남는 거 없어 아가."

"하하. 괜찮아요. 오늘이 마지막일 수도 있잖아요?"

내 생에 첫 할인이었다.

"그려, 철들었네, 철들었어, 다 컸어. 이 할아비는 감동이여."

마음이 따뜻해지는 기분이었다.

"아 맞다 오늘 루비 안 온다는구나 아프다나 머라나. 그래서 그렇게 알고 있어 잉."

어르신은 계산을 하고 가셨다. 하지만 루비가 안 온다면 콜에게 맡겨야 한다.

"일단 콜이 오면 콜에게 물어봐야겠군."

나는 할아버지께 마지막 빵들을 팔고 잠시 쉬었다. 난 쉴 때 핸드폰 속 갤러리를 보며 추억 회상을 할 때가 많다. 언제 떠날지 모르기 때문이다.

"그리고 보니 루비는 매년 이맘때쯤 아프기 시작하네."

나는 갤러리를 보며 루비에 대해 생각했다.

"오늘 루비 청년이 또 아프다는 구마잉."

재작년 어르신이 하셨던 말씀이다.

'그러고 보니 루비도 사과파이를 좋아하는데, 루비 집 찾아가 볼까?'

나는 콜에게 전화를 했다.

"여보, 세요? 민재형이야?"

"어~콜 나야 민재. 콜, 혹시 루비 집 어딘지 알아? 루비가 아프다는 소식을 들었는데 사과파이나 가져다주려고. 사과파이가 좀 많이 남았거든."

"루비네 집? 알지 나도 같이 가도 될까?"

"당연하지. 너 아직도 좋아해?"

"어? 아니? 아니? 응? 어?"

콜은 매우 당황해하였다.

"형은 내가 루비 좋아하는 거 어떻게 알았어?"

"야, 내가 이래 봬도 심리 상담사야 딱 보면 딱 보여."

사실 아니다. 어쩌면 콜이 루비를 좋아하는 건 루비도 마찬가지일 수도 있다. 콜은 사람이랑 대화를 잘 못 하지만 나와 루비랑은 잘 대화할 수 있다.

"음 어디 보자. 어? 루비네 집이랑 내 가게랑 생각보다 가깝잖아? 왜 여태까지 몰랐지?"

나는 사과파이 2봉지를 챙긴 후 콜이 보내준 루비네 주소로 갔다.

"형~ 여기! 여기야!" 콜은 작은 목소리로 작게 손을 흔들며 말했다.

"벌써 와 있었네. 어서 초인종 눌러."

"형? 내가? 어, 음, 좀 떨리는데."

콜은 손을 덜덜 떨면서 초인종을 눌렀다 "띵~동~"

"누구, 누구세요?"

루비는 기침을 하며 물었다.

"나야 민재랑 콜 그 빵집 가게 사장님."

"아 사장님? 얼른 문 열어 드릴게요. 밖에 추워요."

_띠리리링 문이 열렸습니다.

"루비 괜찮아? 어르신이 너 아프다고 했는데 오늘 메뉴가 사과파이였거든. 좀 식었을 텐데 그래도 맛은 있을 거야."

나는 조금 후회가 되었다.

'매년 아팠는데 좀 더 일찍 올 걸 전자레인지라도 돌려서 와야 했나?'

내가 후회하고 있었지만, 그 걱정과는 다르게 루비와 콜은 정말 맛있게 먹어주었다.

"음, 사장님 진짜 이 사과파이는 맛있는 것 같아요. 역시 사과파이는 사장님 표가 최고에요. 재작년? 이었나, 그때도 사장님 사과파이 정말 맛있게 먹었던 기억이 나요."

콜도 그 말에 동의한다는 듯이 조용히 고개를 끄덕였다.

콜과 나는 루비와 즐겁게 대화를 나누고(콜은 열심히 고개를 끄덕였다.) 가게로 돌아가는 길이었다.

"아, 맞다! 콜, 혹시 우리 가게에서 일해볼 생각 없어? 아까 루비는 좋다 했거든? 너도 같이하는 건 어때?"

"제가요?? 형 설마 이젠 진짜 떠나는 거예요? 갑자기 그런 말씀은 왜 하세요?"

"음 아무래도 그런 이유가 좀 크지. 레시피는 책에 적어 놓았어. 이제 사람을 구하기만 하면 되는데 루비는 여자잖아. 그래서 아무래도 힘이 좀 들겠지. 네가 옆에서 좀 도와줘."

"형, 전 사실 형 덕분에 대인기피증도 많이 사라지고 많은 걸 고쳤는데 형이 없으면 전 어떻게 살아가야 하죠?"

나는 장난을 치듯이 말했다.

"루비랑 같이 있으면 되지."

콜은 얼굴이 붉어지며 말했다.

"제가 잘할 수 있을까요?"

"당연하지."

나는 오늘따라 가게를 빨리 닫고 싶은 마음에 가게를 닫고 집에 왔다.

'하, 오늘도 너무 힘든 하루였어. 내일은 휴대폰만 챙기면 되지? 하, 매년 매월 매주 매일 드는 생각이지만 부모님이 보고 싶다. 근데 잠깐 난 몇 살인 거지? 5년이 지났으니 5분? 그 정도 지난 건가? 난 그럼 20대야? 그러네! 난 34살이 아니라 29살, 20대네' 난 이때까지 살았던 힘든 5년을 보내고 아직 20대란 사실에 너무 신이 났다. 난 그렇게 힘들고도 피곤하고 신나는 하루를 마무리하며 잠에 들었다.

4040년(4035년) 12월 17일

"헉, 지금 몇 시야 11시? 출근, 출근, 출근!"

난 급한 마음에 이도 못 닦고 밖으로 나가려고 했다. 그때 내 머릿속에서 한 단어가 스쳤다.

'휴업'

"아 맞다. 오늘 휴업이었지."

난 다리 힘을 풀고 바닥에 드러누웠다. 매일 백수였던 내가 달라졌다. 예전에는 이런 아침에도 일어나기 버거웠던 내가, 아침밥을 먹고 '출근'

하는 내가 아마 5년 전 나에게는 상상도 꿈도 못 꿀 일이었을 것 같다. 오늘은 할 게 없다. 인간은 적응의 동물이라던가. 5년 전 난 원래 이것보다 더 게으르게 살았는데도 전혀 지루하지 않았다. 하지만 지금은 다르다. 계속 꾸준히 직장에 다니다 보니 아무것도 없어 할 게 없다. 사실 직장에 나가지 않아 기분이 좋긴 하다. 오늘은 집에 갈 준비를 해야 한다. 사실상 내가 이곳에 챙겨온 것은 핸드폰뿐이지만 방이 매. 우. 더러워져 있기에 양심에 찔려 방을 다 치우고 가기로 마음먹었다. 오늘 우리 집에 놀러 온다고 한 외계인은 로티이다.

로티가 1시에 온다고 했으니 2시간 남았다. 로티가 오기 전에 부끄럽지 않게 조금 치워야겠다. 방을 치우는 건 생각한 것보다 힘들었다. 허리도 아프고 땀도 났다.

"띵동"
"아저씨! 아니 사장님! 저 왔어요. 로티요!"
로티는 아주 해맑은 웃음을 지으며 벨을 눌렀다.
"로티야 잠시만 아저씨가 금방 열어줄게."
난 나도 모르게 나를 아저씨라 칭했다.
문을 열어주었다. 로티는 앞치마와 모자를 쓰고 있었는데 그게 꼭 꼬꼬마 청소부 같아서 너무 사랑스러웠다.
로티는 우리 집 바닥을 걸레로 닦는데 로티가 닦는 곳은 깨끗한 곳으로 만들어 닦기 더 편하게 만들어 주었다. 로티가 도와줘서 더 빨리 끝난 것 같았다.
"로티야 고마워. 나는 가지만 내 가게는 너도 잘 알고 있는 사람들이 할 거니까 심심할 때 자주 들러줘."
"어? 진짜요? 그럼 가게 안 사라지는 거죠?"

"그래 안 사라져. 이제 밤이 늦었으니까. 로티는 집 가자. "

로티는 아쉬운 표정이었지만 그래도 가게가 안 사라진다고 하니 정말 행복한 표정으로 집에 갔다.

"음.. 그러고 보니 카밀 어르신께 인사를 안 드렸네, 편지라도 써야겠다."

난 근처에 연필도 없어서 그냥 볼펜으로 편지쓰기로 했다.

> 카밀 어르신 안녕하십니까. 저 김민재 청년입니다.
> 항상 저희 가게 찾아주셔서 감사드립니다.
> 이젠 저 떠나지만 카밀 어르신이 해주신
> 인생 조언들 잊지 않고 잘 쓰면서 살아가겠습니다.
> 항상 감사했습니다.
>
> -민재 청년-

볼펜으로 너무 열심히 썼는지 손 옆 부분에 볼펜 자국이 묻었다.

그러고 보니 난 이 행성 이름도 모르네. 뭐 내일이면 나 떠날지도 모르니, 뭔가 내일은 진짜 떠날 것 같았다. 직감적 느낌이 왔다.

난 내일 하루가 설레기도 했지만 조금 걱정이 되기도 했다. 눈을 감고 잠이 들었다.

2040(2035) 년 12월 18일(떠나는 날)

"띠리리링_띠리리링"

아침에 눈이 떠졌다. 기분 나쁜 소리도 아닌 맑은소리였다. 눈을 떴지만 금방이라도 다시 눈이 감길 것 같았다.

'이제 일해야지.'

휴대폰을 들어 알람을 껐다. 그 후 나는 시간을 봤다.

5시 10분 기분이 좋아지는 시간이었다. 난 릴스를 몇 개 보다가 이불에서 나와 한 걸음, 두 걸음 주방으로 갔다. 컵을 꺼내고 냉장고에서 생수를 꺼내 컵에 따랐다.

"꿀꺽꿀꺽."

물을 마시고 난 어쩌면 재미있을 하루를 시작했다.

5년 전 탔던 그 버스 정류장에서 버스를 기다렸다.

"오늘은 뭔가 진짜 버스가 올 것 같단 말이지."

'부우우웅'

어디선가 엔진 소리가 들렸다.

"여기요!"

난 기쁜 마음에 소리쳤다.

'드디어 버스다.'

"축하드려요. 우주행 버스 5분 만에 왔네요."

"네 너무 기뻐요."

나는 우주행 버스라는 버스 안에서 잠이 들었다.

"청년, 어이 청년 여기가 종점이야 어서 일어나."

"네? 여기 우주행 버스 아녜요?"

"뭔 우주? 이 청년이 진짜 어서 내리기나 해."

나는 얼떨결에 내렸다.

'뭐야? 이 모든 게 꿈이야?'

난 생각을 하며 내 손을 봤다. 내 손에는 이렇게 적혀있었다.

'정말 고마워요. -로티 행성 일동-'

난 꿈이 아니란 거에 놀라지 않고 행성 이름이 더 놀라웠다.
"뭐? 로티 행성~? 로티가 대통령이었어?"

난 허탈한 웃음을 지으며 부모님 네 집 쪽으로 걸어갔다.

〈에필로그〉
2036년 12월 18일
이상한 꿈을 꾼 지 1년이 지났다.
"아들~ 오늘 마지평 발표 나오는 날! 어서 봐봐"
난 이제 30대이다. 마지평은 여전히 내 꿈이기 때문에 한 번 더 도전해 보았지만
이번이 5번째, 이번에도 떨어지면 나는 지원을 하지 않을 것이다.
나는 떨리는 마음과 손으로 메시지를 눌렀다

"[web 발신]
[마지평 인사팀] 마지평의 가족이 되신 것을 환영합니다.
귀하는 2036년도 특별 채용에 합격하였음을
알려드립니다. 첫 출근 날짜는 2037년 1월 1일입니다.
제출 서류는 보내주신 이메일로 알려드릴 것이며
다시 한번 더 마지평의 가족이 되신 걸 축하드립니다."

로빈슨 말리

강세온

내 이름은 로빈슨 말리이다. 나는 지금 9살이지만 가정 학대를 당하고 있다. 매일 엄마가 찾아와 아빠에게 화를 내고 때리며 돈을 요구한다. 엄마가 사라졌으면 좋겠다. 이런 내 소원이 이루어진 것인지 어느 날부턴가 엄마가 아빠를 찾아오지 않는다. 나는 너무 기뻤다. 하지만 그 기쁨은 그리 오래가지 않았다. 여자만 보면 엄마가 떠올랐다. 여자가 너무 싫다. 그렇게 나는 여자와 대화하지 못하게 되었다. 엄마가 더 이상 찾아오지 않아 매일 평범한 하루였지만 나는 평범하지 못했다.

11년 후

우리 집에 돈이 없다는 걸 알면서도 오늘도 나는 디저트 가게를 찾았다. 갈 때마다 주인아저씨가 나를 반갑게 맞아주는 그 느낌이 너무 좋다. 아저씨의 이름은 폴 리옹이다. 그리고 아저씨의 능력은 생성이다. (생성은 어떤 물질이나 물건을 만들 수 있는 능력이다) 평소처럼 마들렌과 아이스 아메리카노를 주문하고 늘 같은 자리에 앉아있으면 왠지 모르게 위로받는 느낌이 들었다. 내가 매일 와서인지 주인아저씨와 매우 친해졌다. 오늘은 초콜릿 머핀을 서비스로 주셨다. 역시 리옹 아저씨가 만든 디저트는 언제나 맛있다. 디저트를 다 먹은 나는 나가 다시 집으로 갔다.

내 하루는 집, 디저트 가게, 집의 반복이다. 집에 도착해 바로 내 방으로 들어갔다. 침대에 누워 천창을 멍하게 바라보는 것만이 내가 유일하게 집에서 할 수 있는 것이었다.

다음 날 오늘도 당연히 가게로 향했다. 가게로 들어갔는데 리옹 아저씨는 없고 어떤 여자가 있었다. 이름표를 보니 메리 로즈라고 써 있었다.

"무엇을 주문하시겠어요?"

나는 순간 몸이 얼어붙은 것처럼 몸이 움직이지 않았다. 그때, 리옹 아저씨가 내 팔을 붙잡고 가게 밖으로 끌고 나갔다.

"괜찮은 거냐?"

나는 아무 말없이 아저씨의 손을 뿌리치고는 무작정 집으로 뛰었다. 집에 도착하고 침대에 쓰러지듯이 누워서 멍하게 천창을 바라보다 잠들었다. 나는 악몽을 꿨다. 평화로운 우리 집에 갑자기 엄마가 찾아와 아빠한테 돈을 요구하는 꿈이었다. 이불과 내 손을 보니 식은땀이 흥건했다. 머릿속은 내 유일한 쉼터도 이제는 편히 가지 못하게 되었다는 생각으로 가득 찼다.

아직 잠에서 깬 몽롱한 아침, 초인종이 울렸다. 리옹 아저씨다.

"여자 알바가 일하는 시간이다. 종이를 보고 피해서 오렴."

"고마워요. 아저씨."

그렇게 문을 닫고 아저씨가 준 종이를 펼쳤다. '메리로즈: 2시~8시'라고 쓰여있었다. 마침 시계를 보니 1시라서 디저트 가게에 긴장하면서 갔다. 다행히 여자 직원은 없었다. 리옹 아저씨는 나를 반갑게 맞아주었다. 그래도 올 수 있어서 다행이라고 생각했다. 이제는 그냥 알바를 뽑은 아저씨에게 죄송하기까지 했다. 그렇게 나는 평소와 같이 마들렌과 아이스 아메리카노를 먹고 집으로 돌아가 안심하며 하루를 마무리했다.

아침에 일어나보니 왠지 모르게 아주 개운했다. 기분이 좋게 일어난 뒤 누워있었다.

'메리 로즈.'

나는 지금까지 여자 이름을 기억한 적이 없는데 왠지 모르게 메리 로즈라는 이름이 계속 맴돌았다. 순간 머릿속이 복잡해졌다. 엄마로 인해 여자를 싫어하던 내가 왜 갑자기 여자의 이름을 반복해서 떠올리는지 이해할 수가 없었다. 그 이름을 지워버리고 싶으면서도 기억하고 싶은 감정과 생각이 내 머릿속을 더 복잡하게 만들어 놨다. 그렇게 나는 카페로 향했다. 마침 시간이 4시라서 그 여자가 있었다. 리옹 아저씨는 날 보고 놀랐다.

"어서 오세요."

난 얼어붙지 않았다. 하지만 말을 걸 용기는 없었다. 난 눈을 어디에 둘지 몰라 재빨리 아저씨 쪽으로 돌진 했다. 그러고는 손으로 입을 가리며 귓속말로 물었다.

"아저씨. 저 여자 능력은 뭐죠?"

리옹 아저씨는 배가라고 했다.(배가는 남의 능력의 효과를 2배로 증가시키는 능력이다.) 리옹 아저씨는 내가 여자에 관한 질문을 한 것에 매우 놀란 눈치였다. 아저씨는 뭔가 눈치를 챈 듯이 메리는 스무 살로 너와 동갑이며 취미가 오르골 수집이라고 했다. 그래서 타임 오르골 가게에 자주 간다고 알려주었다. 나는 설레는 마음으로 집에 갔다.

다음 날 아침부터 초인종이 울렸다. 이번에는 처음 보는 사람이었다. 문을 여니 이번 크리스마스 마법 대회가 일주일 정도 남았는데 20명이 나를 추천했다고 했다. 옛날부터 내 마법 실력이 뛰어나다는 소문이 있었는데 사람들이 아직도 그 소문을 믿는 것 같았다. 이번에도 거절하려고 했지만, 갑자기 메리가 떠올랐다. 아무래도 크리스마스 대회에서 선발된 사람에게 호감을 갖지 않을까 하는 생각이 떠올랐다. 나는 차마 거절한다고 말할 수 없었다. 내가 아무 말도 없자 그 사람은 나에게 그럼 하는 걸로 알겠다며 돌아갔다. 덜컥 겁이 났다. 마법은 절대로 쓸 수 없는데. 아니 쓰지 않을 테니까.

고민으로 반나절을 보낼 즈음 초인종 소리가 들렸다. 문을 여니 메리가 있었다.

"이번 크리스마스 마법 대회에 나간다고 들었어요, 이건 리옹 사장님이랑 제가 드리는 선물이에요. 힘내시라고요."

메리가 초콜릿 머핀을 건넸다. 나는 이번에도 말하지 못했다. 마치 누가 내 입을 막고 있는 것 같았다. 그렇게 메리가 가고 나는 약 5분간 현관문 앞에 앉아있었다. 이제는 굳이 메리가 있는 시간을 피해 가지 않아도 된다고 생각했다. 그래도 이제 말도 걸고 대답도 해야 하는데 나도 내가 답답한 것 같다. 얼떨결에 나는 대회에 나가게 되었다. 대회가 개최되기 전날 부랴부랴 마법 연습을 시작했다. 막상 하려니 쉽게 되지 않았다. '포기할까?' 라는 생각을 많이 했다. 엄마에 대한 트라우마가 있는 내가 마법을 쓰는 순간 엄마와 같은 머리카락 색이 되는 건 죽기보다 싫었다. 하지만 메리의 기대에 보답해야 한다고 생각했기에 그냥 내 머리카락 색깔은 신경을 쓰지 않기로 했다. 그렇게 생각하니까 연습이 잘 됐다.

"내가 마법을 쓸 수 있다니."

계속하다 보니 꽤 잘 됐다. 힘든 상태로 침대에 누웠다.

대회가 열리고 내 이름이 불렸다. 많은 사람이 보고 있어서 심장이 터질 듯이 쿵쿵 뛰었다. 엄청난 용기를 내 무대 위로 올라갔다. 대회의 선발 방식은 심사위원들이 각자의 마법 실력을 보고 평가를 하여 1등을 뽑는 방식인데 만약 동점이 있다면 재경기하는 그런 방식으로 진행된다. 나는 무대로 올라가 내가 지금까지 연습한 실력의 최대치를 끌어올려 치유 마법(치유는 생물의 상처 등을 치료할 수 있는 능력이다.)을 썼다. 그걸 본 심사위원들의 표정은 나쁘지 않았다. 내 순서가 끝나고 심사가 거의 다 끝난 뒤 드디어 '세번 로우'가 나왔다. 그의 능력은 파괴(파괴는 손을 대거나 레이저 형태로 발사하여 어떤 물질이든 파괴할 수 있는 능력이다.)였다. 그도 역시 훌륭한 마법을 선보였다. 모두를 다 심사하고 곧 결과가 나왔다. 선발된 사람은 3등, 2등, 1등 순서로 발표한다. 마음을 졸이며 2,3등 발표를 들었지만 내 이름이 아니었다. 나는 거의 희망을 잃은 채 1등이 발표되었다.

"1등은, 세반 로우 그리고! 로빈슨 말리!"

진행자의 말을 듣고 너무 놀라 눈이 휘둥그레졌다. 그때 저 멀리서 리옹 아저씨와 메리가 달려왔다. 아저씨는 축하한다며 안아주었고, 메리는 축하한다며 내 손을 잡고 방방 뛰었다. 메리가 내 손을 잡은 그 순간 내 얼굴은 마치 토마토처럼 빨개졌다. 빨개진 내 얼굴을 보고 메리는 너무 무리한 거 아니냐고 아프냐고 걱정을 해줬다. 나는 처음으로 간신히 괜찮다고 작게 말했다. 우리의 기쁨을 가로채며 세번 로우가 나에게 말을 걸었다.

"내가 지금까지 이 대회에서만 일곱 번 선발됐어! 너 같은 건 내가 아주 가볍게 이길 수 있다고 그러니까 네가 이길 수 있다는 착각은 하지 않는 게 좋을 거야!"

자신감이 없었던 나는 아무 말도 하지 못했다. 세번 다음 내 차례가 왔다. 나는 내 힘을 다 짜내어 죽은 소나무를 살렸다. 심사위원들의 표정을 보니 놀란 표정이었다. 대회가 끝난 후 1시간 뒤 결과가 나왔다.

"드디어 결과가 나왔습니다. 과연 1등은 누구일까요?! 1등은 바로! 로빈슨 말리! 축하합니다!"

메리와 리옹 아저씨가 와락 끌어안더니, 어깨동무를 하고 사람들 사이를 뛰기 시작했다. 돌면서 생각해 보니 메리의 손이 나의 어깨에 닿아 있다는 것에 너무 설레고 부끄러웠다. 메리와 리옹 아저씨는 나에게 너무 축하한다며 오늘 저녁을 사주겠다고 했다. 그렇게 선발 축하 뒤풀이를 하려고 다 같이 가는데 세번이 나에게 말을 걸었다.

"네가 선발된 것을 인정할 수 없어. 분명 심사위원들이 보는 눈이 없는 거라고! 나중에 내가 반드시 복수할 거야. 복수할 거라고!"

나는 내가 선발됐는데도 인정하지 못하는 세번을 보니 화가 났다.

"대회에서 7번 연속으로 선발된 사람이 이런 사람이라는 게 정말 창피하네요. 앞으로 남에게 예의를 좀 지키세요!"

당황하는 세번의 얼굴을 보자 속이 시원했다.

집에 도착하니 메리에게서 연락이 왔다.

'오늘 크리스마스 대회에서 선발된 거 축하해요! 오늘 정말 멋있었어요. 그리고 오늘의 이 기운을 받아서 앞으로도 힘내서 지냈으면 좋겠어요.'

기분이 마치 하늘을 날아갈 것 같은 기분이었다. 나도 용기를 냈다.

'감사합니다.'

메리는 그런 내 답장에 놀랐는지 곧바로 답장을 해줬다.

'좋은 하루 보내세요!'

오늘은 내 인생 중 최고의 날이었다.

다음 날 나는 오늘따라 더 멋지게 꾸미고 디저트 가게로 갔다. 가서 메리에게 내가 먼저 말을 걸었다.

"안녕하세요."

메리는 살짝 놀란 목소리로 인사를 해줬다.

"안녕하세요. 오늘도 마들렌이랑 아이스 아메리카노인가요?"

나는 내가 먼저 말을 걸었다는 사실에 뿌듯했다. 늘 그렇듯 같은 자리에서 시간을 보내고 집으로 돌아왔다.

'지잉.'

전화에 진동이 울렸다. 메리로부터 온 메시지였다.

'오늘 먼저 인사해 줘서 고마웠어요. 그리고 저번에 말하지 못했는데 세번이 한 말은 신경을 쓰지 마세요. 아마 그냥 선발되지 못해서 화가 난 것뿐일 거예요. 복수라고 해 봤자 크지 않을 거니까 걱정하지 마세요. 마지막으로 좋은 하루 보내세요!'

나는 너무 기분이 좋아서 오랜만에 편히 잠들었다.

다음날 디저트 가게에 가는 길에 메리의 취미가 오르골 수집이라는 말이 생각나서 메리에게 언제 수집하냐고 물어봐야겠다고 생각했다.

"갑작스러울 수 있지만 혹시 오르골 수집은 언제 가세요?"

"네? 아 저 오늘 9시에 가려고 했거든요."

"그럼, 저랑 같이 가실래요?"

"너무 좋은데요? 그렇지 않아도 같이 갈 사람을 구하고 있었는데. 그럼 9시에 타임 오르골에서 봬요!"

나는 타임 오르골 가게로 갔다. 메리가 먼저 기다리고 있었다. 나는 메리와 함께 오르골을 구경했다. 오르골들은 생각보다 예쁜 것들이 많았다. 메리는 나와 어울리는 모양의 오르골을 추천해 주겠다며 한 오르골을 골라 나에게 주었다. 그 오르골은 두 마리의 토끼가 있었는데 한 마리는 울고 한 마리는 웃고 있는 모양이었다. 그 오르골을 보니 뭔가 나에게 어울리는 것 같은 느낌이 들었다. 집에 가서 오르골을 돌려보니 백조의 호수가 흘러나왔다. 멜로디까지 나에게 어울리는 느낌이었다. 멜로디를 들으며 집으로 돌아온 난 오르골을 들으며 연습에 매진했다.

'지잉.'

문자였다.

나는 당연히 메리일 줄 알고 확인했지만 모르는 번호였다. 그 문자에는 리옹 아저씨를 구하고 싶으면 지금 당장 디저트 가게 옆에 있는 골목길로 오라고 쓰여있었다. 나는 바로 골목으로 달려갔다. 그곳에는 세번과 리옹 아저씨가 있었다.

"리옹, 아저씨를 살리고 싶으면 선발을 포기해!"

"나 때문에 포기하지 마라!"

리옹 아저씨는 말은 그렇게 했지만, 눈빛은 두려움으로 가득했다. 하지만 세번은 멈추지 않았고 리옹 아저씨에게 능력을 쓰고는 사라졌다.

나는 리옹 아저씨가 잘 누울 수 있도록 부축했다. 아무리 치유를 시도해도 파괴의 능력은 치유할 수가 없었다. 때마침 구급차가 왔다. 나는 리옹 아저씨를 따라 구급차에 탔다.

리옹 아저씨는 곧바로 수술대에 올랐다. 나는 나 때문에 리옹 아저씨가 다쳤다는 죄책감에 리옹 아저씨의 가족이 왔을 때 바로 집으로 갔다. 집에 도착한 나는 울며 잠들었다. 다음 날 아침 나는 생각에 잠겼다. 어제의 일만 생각하면 눈물이 났다.

'사람을 구하지도 못하면서 어떻게 선발될 수가 있지?'

모두 손가락질하며 비난할 것 같았다. 다시 집 안에서만의 생활이 시작되었다. 우울하고 고독했다. 매일 울며 잠드는 날이 반복되었다. 그런데 어느 날 오르골이 눈에 들어왔다. 오르골의 태엽을 감았다. 멜로디와 두 마리의 토끼가 나를 위로해 주는 것 같았다.

'띵동.'

초인종 소리가 들렸다. 이제는 문을 열지 못할 만큼 기운이 없었기에 그대로 있었다. 가만히 귀를 기울이니 미세하게 메리의 목소리가 들렸다.

"말리! 너는 최선을 다했어. 나라도 그랬을 거야!"

한참을 문 앞에 있던 메리는 힘없이 발걸음을 돌렸다.

잠시 뒤 익숙한 목소리가 들렸다. 그 목소리는 리옹 아저씨의 목소리였다. 처음에는 환청인 줄 알았지만, 밖을 나가보니 정말 리옹 아저씨였다. 나는 반가움과 미안함에 보자마자 눈물이 쏟아졌다. 아저씨는 나를 안아주며 괜찮다고 말했다. 나는 처음으로 누군가를 집에 들였다. 그렇게 아저씨와 나란히 식탁에 앉아 빵과 음료수를 먹었다. 지금까지 살아온 인생을 돌아보니 더 나은 선택지들이 항상 있었던 것 같다. 하지만 그때는 그 선택을 하지 못했고 이제 와 후회하기에는 이미 지난 시간이었기에 미래를 보기로 했다. 말은 그렇게 했지만, 미래만 보는 것은 쉽지 않은 일이었다. 하지만 이렇게 계속해서 우울해하기만 하는 것은 또 하고 싶지 않았기에 더욱더 노력했다. 그렇게 노력하다 보니 점점 더 나아졌다.

한 달이 된 지금 일상생활이 가능할 정도로 회복이 되었다. 하지만 세번이 또 내 주변 사람들을 해칠 수도 있다는 생각 때문에 잠을 자려고 누울 때마다 불안이 밀려왔다.

'이렇게 하루하루 불안에 떨며 살 수 없어. 내 능력을 키워서 맞서 싸워야 해.'

확률은 낮지만 약 0.001 퍼센트의 사람들이 부모님의 능력을 모두 가질 수 있다고 들었다. 난 아빠의 서재에서 염력(염력은 어떤 물질이나 물건을 자유자재로 움직일 수 있는 능력이다.)에 관한 책을 본 기억이 있어 그 책을 찾았다. 독학을 시작했다. 그렇게 연습하다 보니 어느새 아빠의 염력과 나의 치유가 만나 새로운 능력으로 업그레이드되었다. 불치병도 고칠 수 있게 되었고, 정말 운이 좋게도 나는 염력을 터득하여 소파 같은 무거운 것도 들 수 있게 되었다. 그렇게 능력을 키우고 나니 불안하지 않았다. 지금 당장 세번이 와도 이길 수 있을 것 같았다.

갑자기 문자 알림이 떴다. 나는 기다렸다는 듯이 문자를 확인했다. 역시나 문자는 세번의 문자였다.

'메리를 살리고 싶으면 타임 오르골 옆 골목으로 와라!'

"사악한 녀석, 결국 메리를! 나도 더 이상 당하고만 있지는 않을 거야!"

녀석은 뻔뻔스럽고 당당하게 골목 끝에서 나를 비웃고 있었다. 나는 인정사정 볼 것 없이 주변에 버려진 폐가구들을 염력으로 끌어올려 세번에게 던졌다. 세번은 곧바로 막아냈다. 그러고는 능력을 썼다. 나는 아주 쉽게 파괴의 능력을 피해 메리를 향해 전속력으로 달렸다. 그러고는 메리를 번쩍 안아 안전한 곳에 내려두고 싸우기 위해 챙겨왔던 날카로운 무기들을 꺼냈다. 나는 그 물건을 꺼내서 공격을 시도했다. 세번은 상처를 입었고 마지막인 듯한 공격을 했다. 나는 이번에도 그 공격을 피했다.

"너는 이제 끝이야."

"과연 그럴까? 멍청한 놈!"

녀석이 나를 비웃으며 도망쳤다. 그때였다. 고요한 골목에 신음 소리가 들렸다. 메리였다.

나는 순식간에 달려가 메리를 부축해 편하게 눕혔다.

"메리, 안 돼. 안 돼. 버텨, 버텨. 제발!"

눈물로 눈앞이 흐려졌다. 난 온 힘을 다해 치유하기 시작했다. 힘이

다 빠져서 온몸이 말라 들어가는 듯했다. 난 멈출 수 없었다.

검은색으로 변했던 메리의 피부가 점점 살구색으로 변하기 시작했다. 그렇게 완전히 치유됐을 때 나는 그대로 기절했다.

눈을 떠보니 병원이었다. 내 주변에는 마법사들과 메리가 있었다. 모두 나에게 괜찮냐고 물어보았다. 병원에서 돌아와 무심코 집에 있는 TV를 켰다. 뉴스에 세번이 나오고 있었다. 능력을 사용해 남을 공격하면 안 되는 법을 어긴 죄로 체포되었다는 소식이었다.

나는 기분 좋게 디저트 가게에 찾아갔다. 메리는 나를 보고 정말 고맙다고 했다. 그렇게 어쩌다 보니 다 같이 밥을 먹게 되었다. 밥을 먹고 집에 가려는데 나는 메리에게 내 마음을 전하는 순간이 지금이라고 생각해 메리를 불렀다. 하지만 막상 앞에 있으니 입이 떨어지지 않았다. 나는 결국 하고 싶은 말을 하지 못하고 그냥 그날은 괜찮았냐며 둘러댔다. 다행히 메리는 이상함을 느끼지 못하고 괜찮았다고 대답해 줬다. 그렇게 집으로 돌아갔다.

다음 날 나는 또 디저트 가게에 찾아갔다. 그동안 너무 많은 안 좋은 일이 있었지만 결국 다시 이곳에 와서 평범하게 마들렌과 아이스 아메리카노를 먹을 수 있는 것이 너무 행복했다. 오랜만에 나는 타임 오르골 가게로 찾아갔다. 이번에는 메리를 만나러 갔다기보다는 그냥 지금의 상황이 평화롭다는 것을 느끼고 싶었기에 찾아갔다. 가게에 가서 평화롭게 오르골들을 구경했다. 문득 이번에는 내가 메리에게 선물해야겠다는 생각이 들었다. 오르골을 구경하다가 메리와 잘 어울리는 오르골을 찾았다. 그 오르골의 모양은 주변이 엉망이지만 환하게 웃고 있는 토끼 한 마리가 있었다. 멜로디를 들어보니 첼로 무반주 모음곡이 나왔다. 노래도 너무 좋았기에 그 오르골로 샀다. 그리고 내 마음을 전할 편지지도 샀다. 집으로 돌아와 식탁에 앉아 편지를 쓰기 시작했다.

> 안녕하세요? 전 로빈슨 말리입니다. 제가 전혀 말로는 못할 것 같아서요. 부디 이해해 주시길요. 제가 할 말은 전 처음에 여자에 대한 트라우마가 있었는데요. 비록 카페에서는 처음 봤을 때 평소와 같이 몸이 얼어버린 것같이 움직이지 않았어요. 그런데 이상하게 집에 가니 처음 본 이름을 계속 기억하고 싶더라고요. 그래서 용기를 내서 찾아갔는데 처음에는 말을 걸기가 쉽지 않았어요. 하지만 점점 괜찮아지더라고요. 그렇게 점점 친해지면서 제가 왜 그랬는지 알 것 같았어요. 좋아합니다! 저와 만나주시겠어요?
>
> PS. 편지를 본다면 저에게 문자를 해주세요.

오르골과 함께 편지를 곱게 접어 포장했다. 내일 메리가 퇴근할 때 줄 것이다. 그렇게, 기대하며 잠에 들었다.

드디어 아침이 밝았다. 오늘은 저녁 7시 50분까지 기다렸다가 가게에 갈 것이다. 7시간 50분이 마치 15분처럼 느껴졌다. 나는 잠깐 만나는 거지만 지금까지 살면서 가장 멋지게 꾸미고 나갔다. 오늘따라 더 일찍 도착한 것 같은 느낌이었다. 심호흡을 한번하고 들어갔다. 오늘도 메리가 나를 반겨주었다.

나는 메리가 퇴는 할 때까지 기다렸다가 메리가 밖으로 나오자 메리를 불렀다. 나는 수줍은 얼굴로 메리에게 황급히 오르골과 편지를 전해주고 집으로 뛰어왔다. 집에 도착해 메리의 문자만을 기다렸다. 문자 알림이 왔다. 나는 급하게 문자를 확인했다. 문자를 확인하니 평소에는 오지도 않는 광고 문자가 왔다. 순간 기운이 빠졌다. 또 문자가 왔다. 메리였다. 갑자기 긴장되기 시작했다. 나는 떨리는 손으로 간신히 문자를 확인했다.

'안녕하세요. 로빈슨 씨? 편지 봤어요. 일단 오르골 감사해요. 그리고 이제 편지에 대한 답을 드릴게요. 저는 아빠의 빚이 있어요. 그런데 아빠가 그 빚을 남기고 돌아가셨어요. 그래서 저는 옛날부터 돈을 버는 게 가장 중요했어요. 그래서 연애도 당연히 하지 않았고요. 왜냐하면 다들 제 사정을 듣고 모두 가버릴 것 같았거든요. 그래서 이 고백이 저는 처음 받아본 고백이에요. 그래서 너무 기쁘지만 여기서 수락하는 건 너무 이기적인 것 같아 죄송하지만 거절하겠습니다. 죄송해요. 그래도 친구처럼 지냈으면 좋겠어요.'

나는 한동안 디저트 가게와 오르골 가게를 가지 못했다. 메리는 내가 걱정됐는지 집으로 찾아왔다. 메리는 집으로 찾아와 나에게 괜찮냐고 물어보았다. 나는 메리에게 괜찮다며 그냥 잠시 혼자 있게 해달라고 했다. 그 말을 들은 메리는 아무 말 없이 갔다.

혼자 시간을 보내며 거절에 대한 상실감 보다, 좋은 사람을 얻었다는 기쁨에 감사하게 되었다. 메리를 볼 수조차 없다면 난 더 힘겨워질 테니까. 죽을 뻔하다 살아난 메리가 그저 고마웠다.

오랜만에 디저트 가게로 갔다. 그곳에는 메리가 있었다. 전에 있던 일들 때문인지 우리 사이의 기류가 어색했다. 나는 최대한 자연스럽게 주문했다. 빵을 다 먹고 나서 나는 메리에게 나는 아무렇지도 않으니깐 다시 친하게 지내자고 했다. 그날 이후 그 말처럼 점점 친해지기 시작했다. 이제는 다 같이 외식도 자주 하고 우리 집에도 자주 초대하고 말도 놓았다. 오늘도 어김없이 다 같이 외식했다. 그런데 며칠 뒤 메리의 생일이라는 것을 깨달았다. 다음 날 나는 바로 실버의 포장지 가게에 가서 마음에 드는 포장지를 골랐다. 그리고 메리에게 줄 스카프를 포장했다.

다 같이 메리의 생일을 축하하기 위해 메리의 집에 모였다. 맛있는 음식 냄새가 났다. 그렇게 메리의 생일파티를 순조롭고 성공적으로 보냈다. 메리는 집으로 돌아가려던 나를 붙잡았다.

"잠시만, 할 말이 있는데 조금만 기다려 줘."

"응."

우리 둘만 남았다. 메리가 입술을 앙다문 채 한동안 고민하더니 입을 열었다.

"예전에 네가 나한테 고백했었잖아. 그 이후에 너랑 친해지면서 점점 내 마음이 변한 것 같았어. 그래서 말인데. 이기적이지만 나랑 만나볼래?"

나는 너무 기쁜 마음에 무작정 메리를 안아버렸고 우리 둘 다 동시에 얼굴이 빨개졌다.

나는 일어나자마자 디저트 가게로 달려갔다. 내가 나타나자, 메리의 얼굴은 딸기처럼 빨개졌다.

"우리, 오늘 저녁 영화 볼래?"

"좋아."

나는 답변을 듣자마자 다시 집으로 줄행랑쳤다.

우리는 로멘스 코미디 영화를 봤다. 처음에는 재미있었지만, 나중에는 우리 둘 다 얼굴이 빨개졌다. 혼자 보면 모르겠지만 둘이 그것도 메리랑 보니 더 그랬던 것 같다. 영화를 다 보고 나서 나는 메리를 집에 데려다주려고 했다. 영화를 다 보고 나서 둘이 걸으니 더 어색했다. 나는 그 영화에서 나온 손 잡는 부분이 생각났다. '그래서 될 대로 대라!'라는 심정으로 집에 데려다주는 길에 메리의 손을 자연스럽게 잡았다. 메리는 깜짝 놀랐는지 나를 커진 눈으로 쳐다보았다. 하지만 메리도 내 손을 놓지는 않았다. 막상 손을 잡고 나니 지금, 이 순간이 나무 빨리 지나갔다. 메리를 집까지 데려다주고 나는 빠르게 집으로 돌아갔다.

집에 도착해서도 그 순간을 상상하니 볼이 빨개졌다. 다음 날 디저트 가게에서 만난 메리가 놀이공원을 가자고 했다. 나는 그런 곳을 한 번도 가본 적이 없어서 메리에게 가고 싶긴 하지만 한 번도 가본 적이 없다고 했다.

"진짜? 그러면 이번에 나랑 한번 가보자!"

라고 했다. 나는 알겠다고 했다. 메리는 그럼 내일 9시까지 '로디랜드'에서 만나자고 했다. 그렇게 나는 집으로 돌아왔다. 집에 도착하고 놀이공원에 한 번도 가본 적이 없는 나는 어떻게 입고가야 할지 몰랐다. 그래서 노는 곳이니 편하게 입고 가야겠다고 생각했다. 드디어 다음날이 되고 나는 검은 청바지에 흰색 셔츠를 입고 나갔다. 도착하니 저 멀리에 메리가 보였다. 나는 메리를 보자마자 뛰어갔다. 우리는 제일 먼저 입장했다.

"말린, 무서운 거 잘 타?"

"글쎄 타본 적이 없어서 잘 모르겠는데."

"그럼 우리 롤러코스터를 타러 가자!"

메리는 들뜬 표정이었다. 롤러코스터는 제일 높은 곳까지 올라갔다. 너무 긴장되는 순간도 잠시 롤러코스터는 가장 낮은 곳까지 순식간에 내려갔다. 나는 너무 재미있었다. 그런데 메리의 표정을 보니 거의 울 듯한 표정이었다. 같이 탔지만 둘의 반응은 매우 달랐다.

"배신자, 한 번도 안 타봤다면서 왜 이렇게 잘 타?"

메리가 울먹이며 말했다. 나는 우는 메리를 보며 어쩔 줄 몰라 하며 무작정 사과를 했다. 메리는 울음을 멈춘 뒤 나를 보며 민망한 듯 사과를 했다. 나는 그런 메리의 모습을 보고 웃음이 터져버렸다. 메리는 민망함을 감추려는 듯이 같이 웃었다. 그리고서 우리는 회전목마도 타고, 솜사탕도 먹고, 앉아서 이야기도 하며 즐겁게 놀았다. 그렇게 놀고 나니 너무 아쉬웠지만 나는 그 마음을 숨긴 채 메리를 집에 데려다주었다. 메리는 집에 들어가기 전에 나에게 오늘 재미있었다고 했다. 나도 재미있었다며 메리에게 다음에 또 데려가달라고 했다.

우리는 또 소풍을 계획했다. 동네를 돌아다니며 하고 싶은 것과 맛집을 투어 할 계획이었다. 우리는 걷다가 중간 벤치에 앉아 쉬었다. 서로에게 질문을 이어갔다. 좋아하는 것이 무엇인지 싫어하는 것은 무엇인지 등을. 우리는 다시 일어나 리옹 아저씨의 디저트 가게로 갔다. 가게에 도착하니 리옹 아저씨가 우리를 반겨주었다. 리옹 아저씨는 데이트냐며 부럽다고 했다. 우리는 동시에 부끄러운 듯이 웃었다. 아저씨는 특별히 서비스라며 먹고 싶은 건 모든 말하라고 했다. 하지만 우리는 평소처럼 마들렌, 아이스 아메리카노, 복숭아 에이드만 시켰다. 우리는 서로 신나게 이야기하며 먹었다.

집에 돌아와 옷을 갈아입고 침대에 누웠다. 천창을 보니 문득 그런 생각이 들었다. 요즘 침대에 누워 천창을 보며 멍때리는 시간보다는 누군가와 행복하게 대화하고 노는 시간이 더 많아졌다고 말이다. 나는 행복하게 웃으며 잠에 들었다.

이른 아침 문자가 왔다. 메리였다.

'오늘은 내가 쏠게 리옹 아저씨 가게로 와.'

나도 모르게 피식 웃음이 나왔다. 부지런 떨며 준비하고 여느 때처럼 뛰기 시작했다. 디저트 가게 문을 활짝 열고 들어섰다.

"생일 축하합니다! 생일 축하합니다! 사랑하는 로빈슨 말린. 생일 축하합니다!"

작은 폭죽이 터지고 메리가 직접 만든 마들렌 위에 작은 초가 빛을 발하고 있었다.

"어서 불어. 소원 비는 거 잊지 말고!"

"후!"

오늘도 나는 매일 앉던 자리에 앉아 마들렌과 아메리카노를 먹는다.

사랑 쟁탈전

구도연

이삿짐 정리가 다 끝났다.

"근데 우리 꼭 서울로 이사 가야 해? 난 여기가 더 좋은데. 아빠, 다른 데로 다시 발령 내라고 해주면 안 돼?"

내가 얼굴을 찌푸리며 말했다.

"그건 좀 힘들 것 같은데. 여기보다는 서울에 있는 학교가 채영이한 테 더 도움이 될지도 모르지. 일단 한번 가보고 다시 한번 생각해 봐."

아빠가 장갑을 벗으며 말했다. 이사를 한 번도 해본 적 없던 나는 친구를 다시 사귀어야 한다는 것에 나 혼자만의 기대와 부담이 섞인 애매모호한 감정을 가지고 있었다.

전학 간 학교에서 처음 만난 선생님은 가르마가 2:8이었다. 선생님은 내가 몇 반인지 알려 주셨다. 선생님은 어차피 곧 종례라서 가야 한다며 같이 가주겠다고 했다. 너무 인기가 많아져 버리면 어떻게 할지. 첫날부터 남친이 생기면 어떡할지. 옆 반 애들이 찾아오면 어떡할지. 오늘 반 친구들을 모두 사귈 것 같다는 생각까지 별의별 생각을 다 했다.

"내일부터 너희와 함께할 친구가 왔다. 시골에서 왔으니 잘해주고. 남은 학기 동안 잘 지내봐!"

선생님이 환한 미소를 지으며 말씀하셨다.

"안녕, 내 이름은 강채영이고 만나서 반가워. 시골에서 왔고 친구를 좋아해. 종례는 빨리 끝나는 게 좋으니까 이쯤 마무리할게. 친하게 지내자! 내일 봐!"

약간 약간의 사투리가 섞인 목소리로 말했다.

"와! 휘이익!"

친구들의 환호 소리와 휘파람 소리, 그리고 박수 소리가 거의 운동장까지 닿을 정도로 매우 컸다. 박수 소리가 클 것이라고 예상은 했지만, 친구들의 박수 소리에 순간 당황했다. 박수 소리를 들어보니 생각보다 내 학교생활은 수월할 것 같았다.

밤새 잠을 설쳤다. 학교 갈 생각에 웃음이 실실 흘렀다. 세수할 때도, 밥 먹을 때도, 옷 갈아입을 때도 어제 잠깐 본 친구들을 생각했다. 학교 가면서도 이어폰에서 흘러나오는 노래도 일부러 신나는 케이팝 노래를 들었다. 반이 1층이라서 힘들게 계단을 오르지 않고도 도착할 수 있었다. 어제는 미처 보지 못했던 방금 만화를 찢고 나온 듯한 남자애를 보았다. 그는 앉아서 책을 보고 있었다. 친화력이 좋은 나는 그 아이 앞자리에 앉았다.

"너 책 읽는 거 좋아해?"

내가 호기심에 찬 얼굴로 물었다.

"응."

그 친구는 얼음장같이 차가운 말투로 대답했다.

"나 기억하지. 넌 이름이 뭐야?"

다시 한번 물어봤다.

"응 당연히 기억하지. 어제 왔는데. 내 이름은 도은우야. 이제 궁금한 거 없으면 비켜줄래? 책 읽는데, 조금 방해가 되네. 미안."

그 아이는 그런 말이 정중하다고 생각했겠지만, 나에게는 약간의 상처로 다가왔다. 그때 생각했다. 얘랑은 친구가 되기 힘들겠다고. 자리에서 일어나 터덜터덜 걸어가 제일 멀리 떨어진 곳에 앉았다. 차가운 공기 속에서 핸드폰을 하며 시간을 보냈다. 핸드폰을 보는 도중 아이들이 계속해서 들어왔다. 3분의 1정도 왔을 때 한 친구가 먼저 다가와 말을 걸어 주었다.

"안녕, 어제 사투리 되게 귀엽더라. 이제 좀 있으면 다른 반 애들도 올 거야. 지금 벌써 이쁜데 사투리 쓰는 귀여운 여자애가 왔다고 소문이 났거든."

그 친구가 햇빛같이 환하게 미소 지으며 말했다.

"아, 그리고 내 이름은 반시아야. 친하게 지내자!"

시아가 말했다. 시아의 자연 갈색 단발머리와 교복은 정말 잘 어울렸다.

"응 친하게 지내자! 곧 종 치겠다. 좀 있다가 더 말하자!"

나도 옅은 미소를 띠며 말했다.

종 치기 5분 전 화장실에 가려고 반 문을 여는 순간 놀랍게도 많은 애들이 반 앞에 있었다. 그들은 누군가를 찾는 것 같았다.

"너네 누구를 찾고 있는 거야?"

서울말을 쓰려고 노력했지만 아직은 익숙하지 않아 사투리 억양이 섞여 있는 채로 물어봤다.

"이번에 시골에서 온 귀여운 애가 전학 왔다고 소문이 나서. 너 혹시 강채영이니?"

그들 중 흰색 반팔 티에 체육복을 입은 주근깨가 많은 남학생이 말했다.

"응"

나는 당황한 기색이 역력한 얼굴로 그를 쳐다봤다.

"소문대로네."

그 애는 내가 귀엽다는 듯이 웃으며 말했다.

"조금 부담스러운데 얘들 좀 가주라고 할 수 있을까?"

나는 정중히 부탁했다. 주근깨는 알겠다는 듯 고개를 끄덕였다.

"야야 위화감 조성하지 말고 해산하자!"

그 애는 매우 큰 목소리로 말했다. 그가 말하자 아이들은 아쉽다며 탄식하며 터덜터덜 각자 반으로 갔다. 나는 그 친구에게 고맙다고 말하고 화장실에 들어갔다. 화장실에서나마 조용히 있을 수 있었다. 얼마 지나지 않아 사람이 들어오는 인기척을 느꼈다.

"솔직히 이번에 들어온 애 소문날 만큼까지는 아닌 것 같은데? 어떻게 생각해?"

한 애가 물어봤다.

"나도 잘 모르겠어. 소문이 조금 과장된 듯?"

다른 애가 나를 비웃는 듯한 말투로 대답했다.

나는 그들의 얼굴을 보려고 잽싸게 나가 봤지만 갈색의 단발머리를 하고 있다는 것밖에 못 보았다. 반에 들어가서 시아를 찾았지만 자리에 없었다. 시아를 기다리다가 다른 친구와 친해져 잠시 수다를 떨고 있었는데 누군가가 등을 쳤다. 나는 당연히 시아라고 생각하고 말했다.

"시아야 어디 갔었어……."

그 누구는 시아가 아닌 도은우였다.

"이제 곧 종 칠 거야. 빨리 자리에 가서 앉아."

그가 나를 보며 이해할 수 없다는 느낌의 표정을 지으며 말했다.

"응, 다음부터는 조심할게!"

나도 맞받아치며 말했다.

수업 시간에 모둠활동이 있었는데, 도은우와 같은 모둠이 되었다. 수행평가와 관련된 거라서 모두 진심인 듯했다. 공부에 별로 관심이 없었던 나는 옆 모둠의 친구와 떠들고 있었다. 순간 분위기가 싸해져서 뒤를 돌아보았더니 도은우가 차가운 눈초리로 째려보고 있었다. 습관적으로 두 손으로 입을 틀어막았다. 나의 반응이 웃겼던지 피식 웃었다. 그의 반응에 나는 물론, 반 아이들 모두가 깜짝 놀라 도은우를 쳐다보았다. 분위기를 인지한 선생님께서는 갑자기 하지 않던 행동을 왜 하냐며 도은우에게 경고를 주셨다. 그리고 선생님께서 하루 만에는 과제를 다 완성을 못 할 거라며 조장이 친구들의 번호를 받으라고 하셨다. 그의 얼음장 같은 성격이 마음에 안 들어 주기 싫었지만 어쩔 수 없이 도은우에게 번호를 주었다. 첫날은 그렇게 끝났다.

오늘은 토요일이어서 그런가 기분은 가을 햇볕에 나른해진 고양이가 된 것 같았다. 오늘은 시아와 친구들과 놀기로 해서 밥도 조금 먹고 나갔다. 약속 장소인 놀이터에 갔는데 시아와 친구들 외에도 다른 애들도 있었다. 누군지 자세히 보니 그들 중 도은우가 있었다.

"시아야, 왜 쟤네들도 같이 있어? 나 쟤는 별로 친하지도 않은데."

내가 그 애를 가리키며 말했다.

"아 원래 은우는 이런 거 별로 안 좋아하는데 다른 애들이 놀자고 꼬셔서 어쩔 수 없이 나온 거야."

시아가 은우라고 말할 때 강조했다. 도은우가 시아한테 오더니 귓속말했다.

"쟤는 별로 친하지도 않은 앤데 뭐 하러 데려왔어? ……."

친구들의 말소리에 묻혀 뒷이야기를 못 들었다.

먼저 시아 그리고 친구들과 노래방을 갔다. 내가 있던 시골에는 노래

방이 멀리 있어서 잘 가지 못했는데 서울 노래방은 뭔가가 달랐다. 첫 노래를 나한테 부르라고 친구들이 떠밀었다. 어쩔 수 없이 노래를 고르게 됐다. 내가 고른 노래는 설운도의 트위스트였다. 모두들 비웃는 것 같았지만 그 애만 소리 내 웃지 않고 미소를 지었다. 다음 차례는 그였다. 은우는 발라드를 선곡했다. 생각보다 노래를 가수만큼 잘했다. 다른 친구들도 한 곡씩 부르고 다음 장소로 이동했다.

보드게임 카페에서 신발을 넣으려고 하는데 자리가 너무 위에 있어서 못 넣자 그가 내 신발을 올려놓아 주었다. 순간 심장이 멎는 것 같았다. 별로 친하지도 않은 친구한테 그런 감정을 느낀 것은 처음이었다. 카페에서 여러 게임을 했는데 사람이 많아서 팀을 짜서 해야 했다. 총 4팀으로 나눠서 했는데 또 그 애와 같은 팀이 된 것이다. 보드게임을 잘 못하는 나는 어쩔 수 없이 도은우가 거의 모든 게임을 했다. 마지막 코스는 커피숍에 가는 것이었다. 시아는 진실게임을 하자고 했고 모두 동의했다.

먼저 시아를 시작으로 질문을 시작했다,

"채영이한테 질문할게. 너는 이상형이 뭐야?"

웃음을 참으며 말했다.

"나는 그냥 성격 좋은 사람?"

골똘히 생각하고 말했다.

그에게 내가 질문했다.

"도은우, 너는 왜 그렇게 차가워?"

은우의 눈을 보며 말했다.

"의도한건 아니고 그냥 이렇게 말하는게 습관이 된 것 같아."

나의 눈을 보며 무뚝뚝하게 말했다.

"강채영, 우리 반에 온 지 이틀 됐지만 이상형인 사람 있어?"

도은우의 반격이었다.

"아직 잘 모르겠는데, 뭐 호감? 정도 있는 애라면 있지!"

고개를 갸우뚱거리며 답했다.

"시아야, 너는 여기에 좋아하는 사람 있어?"

내가 시아를 당연히 있지? 하는 실눈을 뜬 표정으로 시아를 보며 물었다.

"응, 있어."

시아가 별일이 아닌 듯이 말했다.

"오~~"

우리 모두가 시아를 '정말?'이라는 눈빛으로 쳐다보았다.

"은우야, 너는 여기에 좋아하는 사람 있어?"

시아가 내심 기대하는 표정으로 말했다.

"음. 응!"

은우가 말했다.

"오~"

다시 우리가 반응했다.

"다른 애들한테도 질문 좀 해라."

민주가 말했다.

"그래, 최민주, 너의 취미는 뭐니?"

은우가 고개를 끄덕이며 말했다.

"나는 뭐 애들하고 노는 거?"

민주가 답했다.

친구들이 저마다 다 '그러겠지'하는 감탄사를 뱉었다.

"근데, 너는 누구 좋아하는데? 도.은.우?"

민주가 기대하는 듯한 눈빛으로 시아를 쳐다보았다.

"뭐 이름에 '이응'이 들어가. 물론 성 빼고. 근데 지금은 그냥 알아가는 단계? 조금 더 친해지려구. 아직 우리 반 애들하고 다 별로 안 친하잖아."

은우가 땅을 보며 말했다. 볼이 점점 핑크빛으로 번지고 있었다.

지금 우리 무리에서는 이름에 'ㅇ'이 들어가는 사람이 3명이나 있었다.

모두 '에휴, 반시아겠지. 알았다. 이쁜 사랑해.'하는 눈빛으로 쳐다보았다.

나 역시 시아를 생각하고 있었다.

시간을 보니 벌써 밤 9시 30분이 되어서 모두 각자 헤어졌다. 또 그와 집 가는 방향이 같아서 같이 갔다. 내가 이사한 지 얼마 안 되어 걱정된다며 그가 데려다준다고 했다.

"내일 만날래? 그 조별 과제 때문에. 너만 아직 다 못했어."

초롱초롱한 눈으로 나를 보며 말했다. 살면서 눈이 그렇게 초롱초롱한 사람은 못봤다.

"아 그렇구나. 조금 있다가 연락할게. 내 번호 있지? 지금 전화해 봐 번호 저장하게."

내가 말했다. 왠지 모르게 살짝 내가 떨고 있다는 느낌을 받았다. 그가 집까지 데려다준 후에 나는 골똘히 생각해 보았다. '굳이 나에게 내일 과제 해야 한다고 말해야 했을까? 충분히 월요일에도 할 수 있는 분량인데?'란 생각들이 들었다.

'나 은우야. 이름 저장 부탁ㅎㅎ'

은우한테 메시지가 왔다.

그에게 내가 물었다.

'언제 만날래? 언제, 어디서 만날 건지 문자 남겨줘.'

10분 정도 있다가 답장이 왔다.

'내가 너희 집 앞으로 갈게 시간은 한 12시? 그쯤 만나자.^^'

별로 원하지는 않았지만, 오늘 일로 그에 대해 조금 더 잘 알게 된 것 같다. 뭐 다음에 더 친해지면 쓸모가 생기겠지? 그 애와 함께 있는 것은 어색했지만 왠지 모르게 내일이 기대됐다. 원래 일요일 아침에 늦게 일어나는 습관이 있어서 알람을 맞추고 잤다.

아침에 일어나서 벽시계를 보니 이런, 11시 30분이었다. 부모님은 아침 산책하러 간다는 쪽지와 함께 샌드위치가 식탁에 놓여 있었다. 허둥지둥 샌드위치 반 개를 먹고 부랴부랴 씻고 간단하게 선크림과 립밤을 바르고 가방을 싸서 나왔다. 우리 아파트 단지 앞에 그가 서 있었다. 댄디한 옷을 입을 것 같았는데 간단하게 후드티와 편한 바지를 입고 나왔다. 그는 내가 가만히 있는 것을 발견하고 웃으면서 손을 흔들었다. 나는 그가 있는 곳까지 뛰어갔다.

"배고프지? 밥 먹고 과제 시작하자!"

그가 말했다.

"잘 됐다. 마침 배가 배고파하고 소리치고 있었거든."

내가 웃으면서 말했다. 또래 이성과 가깝게, 나란히 걷는 것은 처음이었다. 심장이 쿵쾅쿵쾅 뛰는 게 느껴졌다. 그는 아무렇지 않아 보였다. 그렇게 몸이 약간 경직된 상태로 그와 함께 뚜벅뚜벅 걸어갔다. 그때 누군가가 뒤에서 쳐다보면서 따라오고 있는 듯한 시선을 받아서 뒤를 돌아보았지만 아무도 없었다. 그래서 그냥 무시하고 다시 걷기 시작했다.

"여기가 숨은 맛집이야. 내 최애, 원픽!"

은우가 말했다. 거기는 다름 아닌 샤브샤브 집이었다. 나는 샤브샤브의 비용이 약간 부담되어서 그렇게 자주 먹지는 않았지만, 원픽이라는데 거절할 수도 없어서 그냥 사실 머쩍은 웃음과 함께 말을 뱉었다.

"오. 나도 샤브샤브 좋아해! 특히 여기 브랜드가 맛있더라구. 하하."

안에 들어가서 그 애가 예약해 놓은 자리에 앉았다. 나는 샤브샤브를 위한 채소와 육수를 담고 있었다. 그애는 다른 사이드 메뉴와 음료를 담고 있었다. 내가 말하지 않았는데도 나의 취향에 맞는 사이다와 단호박 샐러드까지 너무나도 완벽했다. 모든 음식들을 다 테이블 위에 놓고 고기를 샤브샤브 육수에 넣었다. 그런데 고기를 넣으면서 육수가 튀어 버렸다. 하필 그 옷이 흰옷이라서 어떻게 해야 할지 고민하고 있는데 그가 휴지와 물티슈를 주면서 말했다.

"혹시 다 안 지워지면 말해. 내가 세탁비 줄게. 나 때문에 그런 거니까."

나는 도은우의 다정함에 그에 대해 차가웠던 마음이 살살 녹기 시작했다.

"아니야 괜찮아. 뭐 이런 거는 그냥 집에서 빨면 돼. 별로 신경 쓰지 마. 마음만 받을게. 고마워. 고기 또 너무 익으면 맛없으니까 빨리 먹자!"

"그래, 이거 다 먹고 스터디 카페나 가자. 이제 곧 시험 보잖아."

은우가 내 앞접시에 고기를 놓아주면서 말했다.

"오케이~"

내가 말했다.

다 먹고 식비는 내가 내려고 했는데 그가 자기가 낼태니 나는 밖에 나가 있으라고 했다. 그의 고집에 어쩔 수 없이 그렇게 했다.

"너 별로 공부 안 좋아하지? 내가 쉽게 공부하는 방법 알려줄게."

그가 또 다정한 말투로 말했다.

"고마워. 고마우니까 나중에 만날 때에는 내가 꿀팁 알려줄게."

내가 말했다.

바로 건너 건너편에 스터디 카페가 있어서 거기서 공부하기로 했다. 스터디 카페에 도착해 구석진 코너에 앉아서 공부했다. 은우 앞이라서 공부가 잘되는 척 했지만 사실 아니었다. 공부는 하나도 안 됐고 바로 옆에 있는 그가 어색해서 집중을 못했다. 은우도 눈치를 챘는지 나에게 눈웃음 지으며 조용히 말했다.

"빨리 공부해! 이제 고1까지 얼마 안 남았어! 기말고사는 어쩌려고. 그리고 우리 사회 발표도 준비해야 되잖아. 빨리 다시 집중하세요!"

그가 단호하게 말했다.

'내 공부는 내가 알아서 하겠지. 뭐 하러 남의 공부에 참견할까? 진짜 완전 반장 그 자체다.'

속으로 생각했다.

"조금 쉬다가 할까?"

은우가 내게 물었다.

"응. 휴식이 조금 필요한 것 같아."

내가 대답했다.

"그래, 나가서 쉬고 다시 충전해서 공부해야지!"

은우가 말했다.

"나 조금 있다가 공부 쉽게 하는 방법도 조금 알려주라. 공부가 너무 재미없어. 너는 어떻게 그렇게 오래 열심히 공부하는 거야? 공부하기 힘들다."

내가 땅을 보면서 말했다.

"그냥 특목고를 위해? 나는 부모님이나 가족이 그렇게 압박을 하지는 않아서 다행이야. 너도 그냥, 공부! 네가 뭐라고 감히 나한테 스트레스를 주는 거야! 내가 높은 등급을 따주마! 라고 말해봐. 그러면 조금 더 오래 할 수 있을 거야!"

그의 귀여운 말에 마음이 완전히 다 녹아 버렸다.

"말이라도 그렇게 해줘서 고맙다. 이제 공부를 시작하자!"

두 주먹을 불끈 쥐며 말했다.

"그래? 다행이네. 아 잠깐만!"

은우의 전화벨이 울렸다.

"아 … …. 너한테 이런 말 하기에는 조금 부끄러운데 너는 내가 이성적으로 어떻다고 생각해? 갑자기 든 생각은 아니고, 진지하게 생각 많이 하고 전화한 거야."

스피커로 상대방의 말이 들렸다.

"내가 어제 놀 때 좋아한다고 한 애, 너 아니야. 나 지금 채영이랑 놀고 있어서 끊을게."

은우는 단호하고 차가운 표정으로 말하고 단번에 뚝 끊었다.

"미안, 갑자기 전화가 와서 빨리 과제하고 나가자. 대본만 쓰면 끝이야!"

스터디 카페에 들어가서 대본 쓰기를 시작했다. 도은우와 함께 의논하면서 1시간 만에 대본을 다 완성했다. 나, 강채영에게 이렇게까지 오랫동안 스터디 카페에 있었던 적은 이번이 처음이었다, 그 애가 데려다주겠다며 가자고 했다.

"오늘 어땠어? 재미있었지 않아? 나는 되게 재미있었는데."

은우가 미소를 띠며 물었다.

"이제 조금 공부에 더 친숙해질 수 있었던 시간이었어. 다음에 또 놀자. 그 대신에 공부는 하지 않고 진짜 놀기!"

내가 웃으면서 말했다.

"그래! 나도 공부를 그렇게 좋아하는 건 아니라서. 노는 게 더 재미있지! 근데… …. 나 오늘 어땠어? 조금 설렘이 느껴졌어?"

은우가 망설이면서 말했다. 갑자기 심장이 요동쳤다. 난 애써 침착한 척 우아하게 말했다.

"공부 잘했고 매너 있었고 모든 사람이 좋아할 만한? 그런 느낌이었어. 조금 호감이 더 생기기는 했어. 근데 왜 물어본 거야? 내일 소개팅하냐?"

내가 장난 섞인 말투로 물었다.

"아니. 사실은… …."

도은우가 땅을 쳐다보면서 말했다.

"아. 아니다! 다음에 알려줄게 성공하면!"

머쩍은 웃음을 띠며 말했다.

"아, 뭔데! 알려줘! 알려줘! 알려줘!"

내가 재촉했다.

"아이 진짜. 나. 너. 좋아하는 것 같아. 네 옆에만 있으면 심장 박동이 느껴져."

은우가 토마토처럼 빨간 얼굴로 나를 보며 말했다.

나는 당황한 나머지 머릿속이 텅 비어 버렸다. 그 상태로 얼음이 된 거다. 생각 준비가 된 후에 말했다.

"진짜 네가 나를 좋아한다꼬? 이렇게 훤칠~한 아가?"

정신이 없다 보니 사투리가 튀어나왔다.

"응. 내가 너를 좋아한다고. 마음 정리되면 문자 보내 줘."

목소리는 덤덤했지만 얼굴은 아직도 토마토였다.

"내일 보자!"

나는 애써 쾌활한 목소리로 말했다.

집에 도착해서 그 통화 속의 인물을 누구일지, 내가 그의 고백을 받아주게 되면 그 인물이 상처를 받을 것이 분명한데 받아 줘야 할지. 하지만 진짜 속마음은 받고 싶은 마음이 너무나도 강했다. 순간 1분 동안만 용감해지기로 하고 메시지 앱을 열었다.

'은우야 결정했어. 사귀자. 그 대신에 우리 하루만 더 알아가보자! 내가 아직 너에 대해서 잘 알고 있지 못한 것 같아서. 그리고 그 아까 전화 속의 인물이 상처받지 않게 케어 잘해주고! 그럼 내일 봐! 굿나잇!'

그는 내가 생각을 많이 한 것을 알런지 모르런지 발랄하게 답장했다.

"오! 고마워. 내일 보자! 기대할게!"

나도 또한 기대했다.

은우가 헉헉 숨을 몰아쉬며 뛰어왔다. 막 무슨 말을 하려고 했다.

"그래. 그래. 일단 물부터 좀 마셔."

나는 물을 건네주었다.

"고마워!"

은우가 말했다.

"일단 비밀연애야! 알지?!"

"비밀연애로 하자!"

우리 둘이 동시에 말했다.

시간이 지나자 반 아이들이 들어왔다. 수업 종이 쳤다. 1교시는 모둠활동을 했던 과목이었고 은우와 같은 모둠이 되어 수행평가가 될 과제를 시작했다. 나는 자료조사를 맡았고 은우는 PPT를 맡았다. 자료를 은우한테 보낼 때 문자로 잡담도 조금 했다.(전혀 아무런 잡담도 하지 않을 것 같았던 도은우가.) 드디어 힘들었던 시간 끝에 쉬는 시간이 왔다.

"도은우, 매점 가실겨?"

내가 물었다.

"응 그래. 뭐 먹고 싶은 것 있어?"

은우가 물어봤다,

"빙수?"

장난 섞인 말투로 말했다.

"아 그건 안되고 아이스크림 사줄게."

은우가 웃으면서 말했다.

매점이 바로 근처에 있어서 쉬는 시간에 잽싸게 다녀올 수 있었다. 쉬는 시간이 5분밖에 안 되었지만 다녀올 수 있었다, 일단 은우가 사주었기 때문에 은우에세 먼저 한입을 권했고 다음은 내가 야무지게 먹었다.

"알찬 쉬는 시간이었다!"

은우가 말했다.

"그러게 점심은 나 시아랑 먹을게. 괜찮지? 의심받을 수도 있으니깐. 오키?"

" 오키."

설레는 오늘 하루도 지나갔다.

"왜 전화했어?"

은우가 물었다.

"그냥 네 목소리 들으려고 전화했지 안 그러면 왜 전화하노?"

내가 장난으로 사투리 섞인 말을 했다.

"아 오키오키."

은우가 깨달았다는 듯이 말했다.

"이만 전화 끊을게."

내가 말했다.

"왜? 벌써?"

은우가 물었다.

"앞에 우리 반 애들 있어. 어쩔 수 없이 끊는 거야"

터덜터덜 집에 들어가 옷 갈아입을 기운도 없어서 그냥 냅다 침대에 누워 버렸다. 방문을 벌컥 열고 엄마 들어왔다.

"이게 지금 뭐 하는 짓이야? 빨리 씻고 자라 얼른."

엄마가 사투리를 쓰며 말했다.

"알겠다. 들어오자마자 씻고 자려고 그랬다."

나도 사투리 억양으로 대답했다. 밖에서는 최대한 서울말을 쓰려고 노력하지만 집에서까지 서울말을 쓸 필요는 없을 것 같았다. 엄마한테 대답은 그렇게 했지만 방에서 핸드폰만 만지작만지작하고 있었다. 순간 제일 친한 친구 시아한테는 연애를 한다는 것을 알려줘야 할 것 같아서 문자를 보냈다.

'나 은우랑 사귀어. 너한테 내가 제일 먼저 말하는 거야.'

시아한테 보냈다.

'오 진짜? 너무 잘 됐다~ 너무 축하해~!'

생각 외로 시아가 좋은 말을 해주어서 기분이 좋았다. 나는 시아한테 사귄다는 것을 말했다는 것을 은우한테 얘기했다. 은우도 잘했다고 칭찬해 주었다.

다음 날도 똑같이 등교했다. 반에 일찍 도착해 은우를 만나고, 조금 후 친구들 또 들어오는 순서로 모든 것이 비슷했다. 한 가지만 빼고. 어느 일진 무리가 우리 반에 와서 나를 찾아댔다.

"너 진짜 도은우랑 사귀나? 내 도은우랑? 감히? 누굴 넘보는 거야?"

일진 중 대장처럼 보이는 애가 말했다. 그 사이에 시아가 껴있었다.

"엥? 어떻게 안 거야? 철저한 비밀연애였는데?"

내가 고개를 갸우뚱거리며 물었다.

"어제 네가 우리 은우한테 물도 주고, 우리 은우가 아이스크림도 사 줬다며? 난 다 알아! 이건 모두 도은우가 말해준거라고!"

반시아가 말했다.

"사귀는 건 맞는데, 시아야 실망이다. 어제 나 축하해 줬잖아. 이거 다 네가 말한 거지? 하 ……. 됐다. 다음에 말하자."

내가 화를 억누르고 말했다.

학교가 끝나고 은우를 불렀다.

"너, 반시아한테 내가 준 것들, 그리고 내가 한 일 다 말했지? 반시아 가 그러더라, 네가 다 말해줬다고."

내가 감정을 누르면서 말했다.

"나는 요즘 걔랑 연락도 안 해. 어저께 전화 한애도 걔야."

은우가 당황한 듯이 말했다.

"아 알겠어. 오케이. 그런데 걔는 네가 어제 나한테 한 말까지 다 들 었다는데? 어제 니가 나한테 아이스크림 사준 것 가지 다 알고 있던데? 이건 어떻게 커버할 거야?"

흥분한 나는 사투리를 쓰면서 화를 냈다.

"나 진짜 모른다고. 나한테 진짜 왜 그러는데? 난 진짜 결백해!"

은우는 정말 억울한 표정으로 한 대 톡 치면 울 것 같았다.

"알겠어. 그러면 일단 내일 헤어지지 말지 생각해 볼게. 너도 생각해 봐."

내가 훌쩍이면서 말했다.

집에 들어가자마자 침대에 누워 이불 속에 들어가서 펑펑 울었다. 항 상 밥을 꼬박꼬박 챙겨 먹던 내가 저녁도 안 먹고 그냥 바로 잤다. 아침에 일어나 보니 핸드폰에 알림이 와 있었다.

'니 남친이 보낸 거 아니고 내가 다 말한거임. 난 솔직히 네가 전학 올 때부터 마음에 안들었어. 그리고 내가 도은우 좋아하니까 건들지 말아 줘. 그럼 내일 보자!'

시아한테서 문자가 왔다. 순간 충격을 받아 3분 동안 그 자리에 서 있었다. 이건 문자가 아닌 직접 보고 말해야 될 것 같아서 시아 등교 시간에 비슷하게 학교에 갔다. 마침 앞에 시아가 보이길래 맞나 확인차 물어 봤다.

"시아야, 진짜 왜 그랬어?"

"아니, 왜 본 그대로 말하는 것도 안 되니? 그리고 뭐 네가 도은우 여친이라고 뭐 되는 건 줄 아는 것 같은데, 진짜 아니야." 그녀의 그런 말로 그녀에 대한 관심, 애정이 파사삭 식고, 부서졌다.

반에 들어가자 반은 엄청난 열기로 거의 한 파티에 온 듯했다.

"혹시 진짜 도은우와 사귀십니까?"

민주가 기자라도 된마냥 물병을 마이크로 쓰면서 나에게 물병을 건넸다.

"응. 나랑 도은우랑 사귀니까 이제 그런 이야기는 이제 하지 말자."

도은우를 바라보았다. 그는 고개를 갸우뚱거리면서 어깨도 으쓱했다.

"오~"

반의 모두가 놀랐다. 나는 도은우를 밖으로 같이 나가자고 했고 옥상으로 갔다.

"미안해. 은우야. 내가 오해한 것 같아. 이게 모두 반시아가 꾸민 짓이더라고."

땅을 보며 사과했다.

"괜찮아. 나도 어제는 조금 놀랐어. 그런데 이제 이렇게 네가 사과해 주니깐 또 풀린다. 이렇게 또다시 사귀는 거지?"

은우가 물었다.

"당근이지!"

나는 웃으면서 대답했다.

〈에필로그〉

"어때? 아빠, 엄마 러브 스토리?"

아빠가 책을 덮으며 말했다.

"오, 거의 한편에 드라마를 본 느낌이야! 다음 편은 언제 나와?"

나는 설레는 마음으로 물었다.

"다음 편은 지유의 러브스토리로 채워야지. 어때? 언제든 도움을 요청하면 엄마는 달려가지!"

나는 고개를 끄덕였다. 나의 러브스토리라니! 왠지 쑥스럽기도 했지만 콩닥거리는 설렘이 빨리 찾아오길 두 눈을 꼭 감고 간절하게 바라본다.

소감문

강세온

제가 처음 글을 쓰기 시작했을 때 막막했습니다. 그런데 내가 쓰고 싶은 판타지 로맨스를 가장 기본적인 틀로 생각하며 쓰기 시작습니다. 글을 써본적이 한번도 없어서 어떤식으로 시작하여 끝을 맺어야할지 고민이 되었습니다. 그런데 초안을 작성하고 나니 그제서야 어떤식으로 써야 하는지 알게 되었습니다. 물론 저 혼자 썼다면 금방 포기했겠지만 저혼자 하는 것이 아니기 때문에 책임감을 가지고 더 노력했던 것 같습니다. 지금은 그저 이 작가의 말을 쓰는 것조차 너무 뿌듯하고 신기하기만 할 따름입니다. 그리고 같이 쓴 친구들의 글도 저보다 더 좋은 글이니 잘 봐주셨으면 좋겠습니다. 이 책을 실제로 출판한다고 해서 내가 쓴 글을 책으로 볼 수 있다는 것이 신기하고 재미있었습니다. 사실 그냥 글을 쓴다는 것 자체가 재미있고 신기한 걸지도 모릅니다. 그 만큼 글을 진지하게 썼고 잘 쓰기 위해서 노력했습니다. 하지만 글을 쓰는 것 만큼 작가의 말을 쓰는데도 많은 고민이 있었지만 다른 책의 작가의 말을 보니어떻게 써야하는지 대충 감이 왔습니다. 저는 그 글들을 보고 작가의 말에는 자신이 글에 대해 하고 싶은 말을 쓰는 것이라고 생각했습니다. 이 글은 제가 처음 쓴 글인 만큼 잘 쓴 것인지 아닌지 모릅니다. 그래서 이

걸 읽는 독자들은 이 글을 어떻게 생각할지 궁금하면서도 많이 긴장됩니다. 물론 이 책을 사람들이 많이 읽을지 모르겠지만 만약 사람들이 조금이라도 읽어주신다면 그것만으로도 정말 기분이 좋을거 같습니다. 그래서 제가 하고 싶은 말은 재미있게 봐주셨으면 좋겠고 아무래도 중학생이 쓴 글이니 많이 이상하더라도 감안하고 봐주셨습면 좋겠습니다. 이 책을 봐주신 것만으로도 감사하지만 제가 바라는 점을 한번 써보았습니다. 많이 부족한 글을 여기까지 읽어주셔서 감사합니다. 이 글은 읽으신 날 만큼은 제가 느낀 이 뿌듯함과 행복과 기쁨이 가득한 하루가 되셨으면 합니다. 다시 한번 감사드립니다!

구도연

처음에 쓸 때는 막막하기만 하고 갈피도 못 잡았는데 로맨스라는 장르를 친구들이 추천해 줘서 빠르게 멋진 글을 쓸 수 있었습니다. 이 글을 읽고 10대들의 풋풋함과 청순함을 느끼실 수 있을 것입니다. 많은 분들이 10대, 중학생 때의 친구들과 소중한 순간을 나누며 고난을 극복하는 이야기에 공감할 수 있을 것입니다. 이 글은 저의 감정이 담긴 작품입니다. 여러분들이 이 이야기를 통해 채영이의 희망과 용기를 얻어가고, 친구들과의 사랑을 더 깊게 느껴보시길 바랍니다. 감사합니다.

김명현

먼저 제 글을 읽어주신 독자들께 감사의 말을 전합니다.

처음 써보는 글이라 지루할 수도 있고 재미가 없을 수도 있는데 작가의 말까지 읽어오시다니 정말로 감사합니다.

제가 이 이야기를 쓰게 된 이유는 글 쓰는 것을 좋아하기도 하고 사서 선생님과 작가님 덕분이기도 합니다. 제 글에 나오는 주인공보다 더 행복하고 평안한 나날을 보내시길 간절히 원합니다.

다시 한번 좋은 기회를 주신 사서 선생님과 작가님 그리고 이 책을 읽어주신 독자들께 감사의 말을 전합니다.

김별하

이 책은 여러분의 마음에 조금의 따뜻함이 기울길 바라며 쓰게 된 책입니다. 현대 사회에 차가움과 스치듯 지나가는 사람들의 시선에 상처받은 여러분의 마음에 이 이야기가 조금이라도 위로가 되었으면 좋겠습니다. 이 책을 읽으며 여러분의 마음에 조금이라도 따뜻한 마음이 스며들었다면 전 그것으로 충분합니다. 여러분의 기억에 마음속 온기를 전해준 글로 기억되었으면 좋겠습니다. 비록 부족한 글이지만, 여러분이 차가운 사회에 상처받은 마음의 온도를 조금이라도 높일 수 있었다면 좋겠습니다. 부족한 글 읽어주셔서 감사합니다.

김수인

저도 저의 책을 낼 수 있다는 사실에 기쁨을 표하며 글을 시작하겠습니다.

사실 '조엔 유리'를 하나의 장편소설로 만들기 위한 생각으로 작성했는데, 단편 소설로 제작해야 하는 점이 꽤 아쉽습니다. 책에서 각 등장인물에 설정해놓았던 부분이 잘 안 드러나기도 했습니다. 처음 쓰는 소설인 만큼 단편 소설에 맞게 이 글을 잘 썼는지, 내용 전달이 잘 되었는지, 표현 방법이 적절했는지도 의문입니다. 그래도 '도전! 나도 작가' 프로그램에 같이 참여한 또래 아이들과 합평도 해보고, 서로의 글도 보면서 즐거운 추억들을 많이 쌓았습니다. 저의 부족한 글을 읽어가며 칭찬도 해 주고 격려도 해 주던 친구들과 선생님께 감사합니다.

조유리라는 아이는 누군가에게 계속 의지하고 기대고 싶어 하는 친구입니다. 즉, 자신을 받쳐주고 이끌어 줄 기둥이 필요했던 거죠. 하지만 유리의 엄마는 돌아가셨습니다. 그녀는 다행히도 절친, 헤일리를 만납니다. 그로부터 몇 년 후, 사랑하고 의지했으며 제일 친한 친구였던 한 사람을 또다시 잃습니다. 대부분, 사람들은 자신이 믿고 의지했던 사람들이 고의적으로 또는 어쩔 수 없이 자신을 떠나는 것을 한 번쯤 보았을 겁니다. 그러나 그들은 다시 살아 나가고 다른 동반자를 찾습니다. 그 한 장면 장면들을 떠올리면서 글을 썼던 것 같습니다. 또한, 오설민, 헤일리, 조유리 모두 정신적으로 약간의 결함을 가지고 있습니다. 그럼에도 그들은 협회장이라는 사람에게 대응하기 위해서 서로 생각을 모읍니다. 지속되는 압박과 고통, 역경에 '함께'라는 부사가 들어간다는 사실을 잊지 않으면 좋겠다고 느꼈습니다.

처음에는 그저 '나도 SF소설이나 써볼까?'라는 자세로 임했다면 지금은 '어떻게 하면 좋은 메시지를 전달할 수 있을까?'라는 생각을 가지고 글쓰기에 임할 수 있을 것 같습니다. 다시 한번 저의 글쓰기에 도움을 주셨던 작가님, 친구들, 사서 선생님께 감사드립니다.

이서연

배려를 강요받는 예빈이의 이야기는, 제가 처해있는 상황과 비슷해요. 하지만 주변 사람들에게 배려를 강요받고, 결국 그로 인해 부담을 느낀 예빈이와 달리 저는 본인 스스로가 강요하고 있더라고요. 배려는 무조건 옳다는 잘못된 신념과, 주변 사람들의 기대와 모범생 이미지가 강한 나를 유지하려면 꼭 옳은 행동만 해야 한다는 생각 때문이었죠. 그렇게 무작정 배려만 하던 어느 날, 한 사건이 발생해요. 저와 친했던 두 친구 사이에서 갈등이 벌어졌는데, 둘 다 저에게 본인이 속상하고 화가 났던 일만 털어놓는 것이었어요. 서로 험담하는 내용을 계속하여 듣다 보니 저도 나쁜 사람이 되는 기분이었고, 친구로서 속상했던 일을 들어주는 것이 아니라, 그냥 감정 쓰레기통으로 쓰이고 있는 것 같다는 생각이 들었어요. 마음 같아서는 서로 비난 그만하라고 일침을 날려주고 싶었지만, 너무나도 소심하기도 하고, 친구들이 상처받을까 봐 걱정되었던 저는 결국 한마디도 하지 못했어요.

아직도 똑같아요. 지금도 제게는 배려는 무조건 옳다는 신념과 잘못된 생각, 둘 다 남아 있고, 아무리 속상하더라도 친구들에게 한마디도 하지 못해요. 하지만, 이 글을 쓰며 저도 배우는 게 많았어요. 앞으로는 배려에 대한 올바른 신념을 만들어야겠다는 것도, 언젠가는 내가 한 배려가 다시 돌아온다는 것도 다시 한번 깨달았죠. 이제는 정말로 바뀔 거예요. 꼭 바뀌고 싶어요. 그리고, 저처럼 참기만 하는 사람들에게 말해주고 싶어요. 배려는 남을 도우려고 하는 것이지, 내가 상처받으려고 하는 게 아니라고요. 항상 내가 먼저 할 필요 없으니 힘들 때는 잠시 쉬는 것도 방법이라는 것을, 저도, 이 세상 모두도 다 알았으면 좋겠어요.

장지원

안녕하세요, 독자 여러분. 장지원입니다.
고작 중학생이 쓴 책을 읽어주셔서 정말로 감사합니다.

저는 책을 쓰는 동안 너무나도 과분한 도움을 받았습니다.

소설 쓰는 방법을 알려주신 작가님부터 같이 합평해 준 친구들, 슬기 선생님, 그리고 등장인물을 떠올리게 해준 길가의 소나무부터 동백나무, 막장 드라마 속 남자주인공, 산불의 위험성에 대해 알려주신 사회 선생님, 조선시대 마을에 관해서 자문해 주신 국사 선생님까지.

모두 고맙고 사랑합니다. 제 글을 읽어주신 모든 분들이 배덕마을 사람들처럼 용감하고 행복하게 살아가기를 바랍니다.

황민서

제가 처음 쓰려고 했던 내용은 감정의 색을 보는 사람의 이야기였습니다. 이야기를 풀어가던 중, 흉기 난동 사건 뉴스를 보게 되었습니다. 지금껏 이런 일들은 나와는 관련 없는 다른 사람들의 이야기일 뿐이라고 생각했었는데 그 사건이 일어난 곳은 제 할머니 댁과 가까운 곳이었습니다. 이런 상황을 가까이서 마주하니 확실히 전과는 다르게 느껴졌었어요. 그래서 우리의 주인공인 유현이에게 감정을 못 느낀다는 것 외의 다른 시련을 하나 더 주기로 마음먹었어요. 그게 지금 우리 사회에서 새로 떠오른 문제, 흉기 난동 사건, 충동 살인입니다.

현실에서 일어난 판타지? 같은 일이어서 생각보다는 글을 계속 이어가는 데 어려움이 있었어요. 중간에 내용을 크게 바꾸기도 했고요. 그런데도 이 글이 세상 밖으로 나올 수 있던 이유는 많은 도움이 큰 몫을 차지한 것 같네요.

마지막으로 글을 써 볼 기회를 주신 사서 선생님, 글을 쓰는 전체적인 방법을 알려주신 작가님, 그리고 자신의 일인 것처럼 열심히 도와준 친구들에게도 감사 인사를 전합니다. 정말 감사합니다!

사서교사 이슬기

아이들의 마음속 숨어있던 이야기를 글로 만나보고 싶어 기획한 활동이 예쁜 이야기로 가득 담긴 책 한 권으로 완성되었습니다. 사실 아주 작고 소소한 바람을 담아 시작한 글쓰기였습니다. 아이들이 자신의 감정을 있는 그대로 들여다보고 생각을 글로 자유롭게 표현할 기회를 만들어 주고 싶었습니다. 그리고 그런 아이들의 맑은 마음을 함께 나누고 싶었고요. 2주에 한 번씩 만나 감정을 풍부하게 표현하는 방법을 배워보기도 하고, 한 가지 주제를 정해 짧은 글을 쓰기도 했습니다. 그렇게 아이들은 점차 글쓰기에 자신감이 붙었고, 지금보다 더 큰 목표를 갖고 도전할 용기가 생긴 것 같았습니다.

"우리의 이야기를 담은 책 한 권을 써보면 어떨까?"

우리의 글을 많은 사람과 나누고 싶고, 그 사람들을 위해 더 좋은 글을 쓰고 싶다는 간절함이 닿아 이렇게 멋진 책 한 권이 나오게 되었습니다. 처음에는 A4용지 한 장을 채우는 것도 어려워하던 아이들이 이제는 막힘없이 술술 글을 써내려 가는 모습을 보면 정말 기특합니다. 더 좋은 결과물을 냈으면 하는 욕심에 쓴소리도 많이 했던 것 같아요. 하지만 아이들의 시작부터 이 책을 완성하기까지의 과정을 가장 가까이에서 애정하는 마음으로 함께 지켜봤습니다. 저라면 이렇게 훌륭하게 해내지 못했을 것 같기에 아이들이 더 대견하고 자랑스러운 마음이 가장 컸습니다. 아직은 한창 자라나고 있는 아이들이 완성한 글이라 미흡한 부분이 있을 수 있습니다. 하지만 그마저도 옆에서 함께 해보니 순수함과 반짝이는 마음이 묻어나오는 것 같아 예쁘게 보였습니다. 이 책을 읽는 여러분도 작은 아이들이 온 마음을 다해 쓴 글을 함께 읽는다고 생각하시면 이야기가 한 걸음 더 가까이 와 닿을 것이라 생각합니다.

글 안에 아이들이 담은 세상과 마음은 신기하게도 모두 다른 색을 지니고 있습니다. 이런 아이들의 세상을 함께하며 따뜻하고 반짝이는 시간을 가지시길 진심으로 바랍니다. 저희 아이들의 책을 펼쳐봐 주셔서, 함께 해주셔서 정말 감사합니다.

마지막으로 혼자였다면 불가능했을 일을 오랜 시간 함께 달려와 주신 박라솔 작가님에게 깊은 감사를 전합니다. 작가님 덕분에 아이들과 더 큰 용기를 낼 수 있었고, 이 책을 만날 수 있었습니다. 그리고 이 멋진 과정을 정말 훌륭히 해낸 세온, 도연, 명현, 별하, 수인, 서연, 지원, 민서에게 사랑을 전합니다.

지도작가 박라솔

이번 프로젝트를 책임지고 지도하면서 저 또한 한 뼘 성장한 소중한 시간이었습니다.

작가는 철저하게 혼자 작업하고 자신과 싸워야 하는 고독한 직업입니다. 하지만 함께 글을 쓰고 허물 없이 생각을 나누고 격려할 수 있는 벗이 있다면 상황은 달라집니다.

그런 의미에서 서로 돌봐주며 글을 쓰는 것이 얼마나 큰 기쁨인지 알려주고 싶었습니다.

기꺼이 그 배에 함께 오르고 끝까지 만선의 기쁨을 위해 불편함과 어려움을 이겨낸 우리 여덟 명의 꿈 많은 소녀들 세온, 도연, 명현, 별하, 수인, 서연, 지원, 민서와 늘 함박웃음으로 맞아주신 이슬기 사서 선생님께 감사한 마음을 전합니다.

시작에 선 새로운 작가들에게 아낌없는 박수를 보냅니다.

GO
OD

Thanks

© 글 인천청라중학교 쓰담

초판 1쇄 2023년 11월 27일 발행
발행처 (주) 작가의탄생
펴낸이 김용환
디자인 박지현
주소 04521 서울시 중구 청계천로 40 한국콘텐츠진흥원 CKL 1315호
대표전화 1522-3864
전자우편 we@zaktan.com
홈페이지 www.zaktan.com
출판등록 제 406-2003-055호
ISBN 979-11-394-1692-3 03810